# 心在哪，
# 哪里好

文化名家与你议世相、品人生、抒真情

姜琍敏 主编

花山文艺出版社

# 编委会人员名单

编 者：江苏省散文学会
　　　　《江苏散文》编辑部
主 任：顾　浩
副主任：蒯　天　仲跻和
编 委：王　建　仲跻和　吴向杰
　　　　张宗刚　姜琍敏　顾　浩
　　　　梁　晴　傅晓红　蒯　天
主 编：姜琍敏
副主编：傅晓红　梁　晴

# 目　录

**意　味**

| | | |
|---|---|---|
| 从刘云若小说中看"梨园" | 石　英 | 003 |
| 心在哪，哪里好（外二篇） | 仲跻和 | 007 |
| 想象着那样一个美丽的月夜 | 庄晓明 | 021 |
| 微信时代的一根蛐蛐草 | 吴　敏 | 026 |

**性　灵**

| | | |
|---|---|---|
| 我与书的故事 | 张艳茜 | 033 |
| 拈花一笑 | 丁兆梅 | 042 |
| 伟大的画坛巨匠 | 高维洲 | 054 |
| 房　间 | 许　静 | 062 |
| 灯　影 | 陈　开 | 071 |

## 怀　人

范小青的奇怪种种　　　　　　　　陆永基　079
木语者（外一篇）　　　　　　　　王　韵　084
父亲的诗行　　　　　　　　　　　丁碧岚　094
张謇在大丰　　　　　　　　　　　卢　群　103
此情可记　师恩难忘　　　　　　　傅振举　107

## 风　情

血脉大运河　　　　　　　　　　　王剑冰　113
乡　贤　　　　　　　　　　　　　麦　阁　125
棣花之荷　　　　　　　　　　　　徐祯霞　130
旅欧散记　　　　　　　　　　　　潘国本　136
从明珠到木乃伊　　　　　　　　　赵善坚　142
回头望见莲叶田田（外一篇）　　　郭　翔　146

## 世　相

漫　谈　　　　　　　　　　　　　朱　辉　153
利安邨　　　　　　　　　　　　　周洁茹　162
走近吕城　　　　　　　　　　　　郜志坚　167

| | | |
|---|---|---|
| 深夜食堂（外一篇） | 苏　眉 | 172 |
| 心灵之旅 | 姜　娜 | 178 |
| 听　香 | 菲　儿 | 183 |

## 乡　韵

| | | |
|---|---|---|
| 日暮乡关何处是 | 徐　可 | 189 |
| 我的寒假（外一篇） | 徐兆熊 | 201 |
| 我的烟草情怀（外一篇） | 胡　玮 | 207 |
| 老　家 | 王兆林 | 214 |

## 论　坛

| | | |
|---|---|---|
| 中国散文理论话语的自主性问题 | 王兆胜 | 221 |
| 姚黄魏紫　繁华满枝 | 张宗刚 | 228 |

意　味 〈〈〈

## 从刘云若小说中看"梨园"

石 英

一个偶然的机会,我拜读了20世纪前半叶的言情小说家刘云若的一些作品。那是1947年在故乡,十几岁的孩子赶上了"土改复查"。我们村外出经商的当然大都是"闯关东"的,但全是中小户,没有发大财的。其他的几户大财主都在天津做事,有的开绸缎庄,有的经营房地产,而且他们主要的人丁都在天津。在家乡只有部分土地、房财与浮财。"土改"还好,一旦"复查",这些财主家必然不能幸免。而"复查"最大的"特色"是分浮财。我家是中农,不被分也不能分"果实"。赶巧,这些在天津发财的主儿有子弟也喜欢看小说,最便利也是看得最多的就是刘云若的言情小说。村里的农会会长知道我最爱看书,贫雇农谁也不要书这玩意儿,扔得满地都是,于是他就对我说:"你喜欢,就拿回家去看吧。"

这样,我就抱了一大摞书回去。记得有《春水红霞》《燕子人家》等三四种,而且人家这位刘作家动辄一部书写好几卷,一部

《春水红霞》就有上、中、下三册。这些现代言情小说，与更早时接触到的中国小说一起，成为我童年、少年时期文学的启蒙作品。尽管刘先生书中描写的都市生活对我来说都比较陌生，但觉得很新鲜，很有吸引力。尤其是他小说中所反映的"梨园"行的种种，更加深了自小喜爱京剧的我的兴趣。

在刘云若先生的小说中，显现出他对"梨园"行非同一般的熟稔，对这个行业如数家珍般内行。尤其在《春水红霞》这部厚厚的作品中，更直接透视出天津"三不管"内的三教九流、五行八作，包括赌局、烟馆、妓院、戏班等等，揭示出旧时代这些阴暗角落中的惊人黑幕。其中有一点给我印象最深，这就是作者不仅是爱戏、懂戏而且是极了解唱戏的人。在我看来，他一涉笔于此，绝不说外行话。在这部小说中，他提到了20世纪二三十年代活跃在京剧舞台上的真实人物如程继仙、陈德霖、雪艳琴等。当然为了文学作品描写上的方便，也用了某些分明是化名的人物，记得有一位坤伶主角章行云老板，一度纵横恣肆俨若氍毹女皇，调弄得一些土财主和富家酸少三魂出窍，丑态百出。由于作者非常熟悉生活原型，应该承认他笔下的许多人物都是活灵活现的。几十年过去，我还记得他描写的一个妓院"大茶壶"（所谓"龟奴"），作为花脸唱腔的爱好者，在为客人送茶时必哼《牧虎关》中净角最出彩的一句。只要听到客人夸他"有金少山老板的原汁原味儿"，他立马便美得忘乎所以，走起来也屁颠屁颠的，比得到一块现大洋的小费更五官变形，其乐非常。刘作家在点染这类人物时最显绝技，只消二三个细节，便能使许多读者忍俊不禁，兀自几欲出声。在这方面，他最拿手的还是描写社会底层的某种小人物，或愚顽自得，或占便宜卖乖之态，每能达到淋漓尽致。

小说中的一个重要情节仍是与"梨园"行有关的。这就是一个买办大亨兼黑社会老大式的人物,横行霸道、无恶不作到了极点,竟挖空心思从捧角到将一位年轻俊俏的男旦掠至家中,加以阉割,藏于密室之中,待这位被摧残者伤愈后,大亨又将他打扮得珠光宝气,以"五姨太"(或七姨太,此点记不准了)的身份出入交际场中,并将这位名叫安啸珠的伶人与其他姨太太姊妹相称,出双入对,供他恣意玩赏。与之同时,小说还交叉写了大亨、安啸珠与另一位武生演员壬千寿以及大亨宠妾之间的错综关系,种种纠葛。作家刘云若对上述惨无人道的暴行虽不是径直地揭露与批判,但显然也不是欣赏的态度。反正当时在我这个少年的心灵中,加深了对这个不熟悉的社会环境的认识,及对恶霸式富豪的强烈憎恨,特别是对那个被摧残的男旦深怀悲悯。不知怎的,直到现在那个呼天天不应、呼地地不灵的血淋淋的场面仿佛还能浮现眼前。

  刘云若的小说使我了解了"梨园"世界,使我初步认识了天津,也使我远距离地认识了当时达官贵人和资本家的"上流社会"。虽然,他的作品在当时还不如张恨水的小说那么"火",影响力也不太广,但也许是个"缘"吧,我读他的小说却比张恨水的作品要早几年;同时在这以后的几年,我才读到现代作家鲁迅、巴金和茅盾的小说,但比读赵树理的小说要晚些,因为我读的第一本现代小说也是解放区作家的作品,是《李有才板话》。说起"板话"来,这中间还有一段插曲:那是1946年的一天,我进城赶集,顺便到新华书店看书,无意中发现了由胶东新华书店翻印的《李有才板话》,书印得很糙,纸张上面还有星星点点的杂质,周边切得也不齐整,但当我翻看了几页,就爱不释手,虽然兜里只有母亲给我的几角钱,最后还是咬咬牙买了下来。记得出城后,太阳已转到西面,为了先睹为快,我只好退着向后走,以便书页迎着夕阳能多看一点。六里的路程,不觉就走到了。晚饭后月光甚好,又在院子里坐在长凳上接着看,一本不厚的小说就这样"抢"着读完了。

尽管《李有才板话》这类解放区作家的书对我说来是一种全新的感觉,却有时还在翻阅刘云若的小说(剑侠之类的小说已全被挤了出去)。主要是那陌生的生活天地对我仍有一定的吸引力。

20世纪50年代,我自部队机要部门考入天津南开大学中文系,刘云若先生还在世。听我的一位老同学说,他家与刘先生同住在河北路××里,还说刘先生的"笔头子很快",能同时给两家以上的报纸写连载作品。他每天给一家只写几百字,把最后几个字写在纸条上贴在案边的墙上,以备下次接着写。有时报纸的编辑提前来到门上,他还没有写完,便请编辑坐会儿"等一等",他当场写完这一段叫人拿走,以不误见报。

那时,天津作家协会已经成立,据说刘先生还是第一批作协会员。记得我上大一时,去劝业场买东西乘四路公交车经过河北路,在一个胡同口,看见一位不同寻常的小老头在那里溜溜达达,手里好像还拈着一个不大不小的烟斗,似吸不吸的。我当时还在猜想,此人,也不知是不是刘云若?

20世纪八九十年代,百花文艺出版社又整理重新出版了刘先生的《红杏出墙记》《燕子人家》等小说,据新华书店的同志说:"卖得还不错。"如此,假若刘先生地下有知,也会长长吸上一口烟。当然,估计他也会知道:太"火"是不可能的。

可是,甭说别的,单拿他那"快手"和"量大"而言,当代许多作家还是望尘莫及的。幸而如今的明白人心胸越来越开阔,如果太小心眼儿,还不把鼻子气歪了。

## 心在哪，哪里好（外二篇）

仲跻和

读《孟子·离娄下》时，看到过一句："大人者，不失其赤子之心也。"

初读时，并未引起我太多联想。所谓赤子之心，即是率真善良、好奇热情、富于想象力和生命力的简单之心。至于大人，除了智慧的年长者，也可指位居高官者或成功人士。

某次聚餐时，席间有位武总刚从美国归来，边上的朋友恭维他："气质好了，精神多了。"我抬头细望片刻，隐约嗅到了一股无奈的味道。觥筹交错中获悉，他在美国"宅"了一个多月，"除了家，哪里都没去"。

他的企业近来危机重重。作为同道中人，不宜多嘴。于是孟子的这句话，就不由自主地浮现在我脑海，以至于脱口而出。

同席的人看着我，不明白我在说什么。我赶紧岔到其他话题。

我对他的不解在于：为了保住一张美国绿卡，在公司最需要的时候，丢下所有的前方事务，去美国宅了一个多月，此举是否合适？作为一个企业主，最起码的经济账必须要算，他倒是如何算的？

由此联想到另外一些"成功人士"，或投资换国籍，或买房拿绿卡，究竟是为了什么？有钱人，非要有绿卡或外国籍不可吗？

曾有朋友好心劝我："就算不移民，至少也得有张绿卡，随时可以出国门。"我的回答很武断："我不移民！也不需要绿卡！"这固然与我不会外语、觉得交流受阻有关，但更深层次的原因是：我舍不得离开故土。

故土难离。台湾诗人余光中的《乡愁》之所以经久不衰，是因为击中了在外游子的心："乡愁是一方矮矮的坟墓，我在外头，母亲在里头。""乡愁是一湾浅浅的海峡，我在这头，大陆在那头。"乡愁似缰绳牵着我的心。

为什么有人会做出加入外国籍或拥有一张绿卡的决定？难以理解，深究一下，不外乎两个原因：自然和政治。

先说自然条件。海安比国外差吗？不见得如此。"不识庐山真面目，只缘身在此山中。"也许不过是在海安待久了，待腻了，看不到她的好而已。

三十多年来，我走过三十多个国家和地区，外国朋友中不乏生意伙伴。礼尚往来，他们也到过海安很多次，海安的自然条件和人情氛围，用他们的话说是"OK"。我的美国合作伙伴摩尔，对海安特别感兴趣，说这方水土既成就了我，也成全了他，"孕育了我们共同的婴儿"——海迅特雷卡。他还取了中国名字"仲跻海"。

虽然我土生土长，但对生我、养我、成就我的家乡，之前我的了解也只是一鳞半爪。借此机缘，我有心好好查了相关资料，得知海安真的值得我留恋。

海安，曾经有"海阳""海陵""宁海""紫石"等县名。青墩新石器时代遗址的发掘，让我们找到了江海文明的起源，也将海安的文明史推进到五千多年前，再一次证明了这片土地的丰富和深邃。

从经纬线上看过去，海安不极热，不极冷，处于热带与暖温带的过渡区，是海洋性湿润季风气候。统计学上显示：年平均气温14.5℃，无霜期210天，年降雨量1012.5毫米。别看这区区几个数字，它的意义很大，代表了四季分明，风调雨顺。万物生长，除了有太阳，也要有肥沃的土壤，适宜的气温，充足的雨水。大自然恩赐海安，"鱼米之乡"得以久负盛名。

庄稼种得好的海安人，不忘崇文尚贤，于是人才辈出。远的不说，谈谈近代我所感兴趣的几位。

魏建功，首任北京大学副校长，中国近代语言学及文学大师，由他领导编纂的《新华字典》，影响最深，应用最广。这一点，毫无争议。

蒋和森，中国社科院教授，饮誉海外的红学家。

范韧庵，精于书法、国画，编纂了多本书画辞书。

仲贞子，德艺双馨，诗、书、画、印四绝。南京艺术学院陈大羽教授认为当今能将"四艺"集于一身的人，江苏仅仲贞子一人，中国也不多见。

爱国人士韩国钧，曾经的韩府，就是现在的"海安博物馆"，仍服务于今天的海安人，以及来这里的朋友们。

有如此多的名人引领，涵养了海安崇文尚学的社会风气，培育了一批高素养、肯吃苦、能创新的人才。君不见，当今有许多海安籍人士活跃在各个领域，回馈给家乡特别的荣耀！

海安从来不是穷乡僻壤，在汉代就有"三十六盐场咽喉，数十州县要道"之称。近些年来,利用临江滨海的地理优势,实现了"公铁水无缝对接",为更多人的创新创业提供了便利。

既要活得好,又要活得久,这是人的正当追求。邻城如皋乃"长寿之乡",长寿文化蜚声海内外。其实,咱海安现有百岁老人21名,占总人口的0.21%,与如皋比,毫不逊色。如皋比海安自然社会等客观环境大体相当,海安不过是低调一些,未大力宣传而已。

还有饮食。民以食为天,海安这个天,也是明朗的天。江鲜、海鲜、河鲜这大三鲜,一样不缺;各种应季蔬菜,丰富多彩;八大菜系,在海安开了三十多处店面。吃货在此,自在一世。

我是土生土长的海安人。因拓展市场需要,几十年来,走过很多地方的路,见过很多地方的人,吃过很多地方的菜,喝过很多地方的酒,从无自卑之心,亦无久漂之意。出差回来,一踏上这片熟悉的土地,浑身都舒坦了。金窝银窝,不如自己的狗窝。更何况我们的这个"狗窝",从外到内,都不比人家的金窝银窝差。

认真思辨一番,就发现,自然条件不如人家这一理由,不是很充分。那咱们再来掰扯一下政治因素。

很多"成功人士",背井离乡,想着到别国去当二等公民,并不是不爱家乡,更多的是源于不甘心,不踏实。

以我之见,属杞人忧天。

别国他乡就是桃花源和安乐场吗?地球上依旧每天都有战火在燃烧,都有无辜的民众遭殃,他国的公平太平,也只是暂时和相对的。你能肯定,在异乡,一定比在自己的祖国好?至少我,不敢认同。

一切都是相对的,没有绝对之说。变,才是永恒不变的真理。

举个终生难忘的在美经历。六年前,我抵达洛杉矶机场,行李箱到手时，大吃一惊：箱子的锁被撬开了，里面的衣服脏兮兮的乱成一团，一提箱子，小物件哗啦啦撒了一地，怎一个窘字了得！开始以为是行窃者为之，责问美方随行人员后，我才弄清原委——在美国，安检人员随时有权撬开你的行李箱检查，无须告知，也未必当面。

之前，我觉得美利坚还是很不错的，民主公平，尊重人权。此事却颠覆了我的看法。那次参访之行，我拼命压抑着自己的负面情绪，却还是难以平复心中的不快。旅行箱是私有物品，出境和入境前后，安检等已重重把关，理应得到保护，不受他人侵犯。就算为了安全大计，要查也行，当面总是可以做到的吧？在中国的任何机场，从未出现过如此荒唐的事情，无论是哪类乘客，都是保有尊严和隐私的。而堂堂洛杉矶国际大机场，竟可以如此不尊重人！

这只是一个侧面，还有很多是我们所不知道或无法体验的。

我当然不会糊涂到只看见自家的好。咱们中国，有待改进的地方还不少，海安，也并非完美之地。但，没有一个人的祖国和家乡是完美的，完美的国度和家乡，从来只在梦境和回忆中。

但，不完美，不是离开的理由。恕我直言，武总之类的成功人士选择移民或预备离开，无非是内心深处对自己祖国或家乡的不认同不接纳，"儿嫌母丑"，试图去寻找更好的后妈而已。

这些所谓的"成功人士"，享受过中国和家乡的优惠政策和宽松环境后，拍拍屁股走人，顺便移走财产，这算什么行为？

他们所有的成就，源自家国的滋养和成全，当他们带着胜利成果投奔异国他乡时，人家表面上笑脸欢迎，内心又会如何看待他们？当他们需要庇护的时候，谁能真正保护他们？人家为什么要保护他们？这才是个大问题。

安全感，来自于内心，而不是他人、他国、他乡。一定程度上的财富，让你拥有安全感。但超过了你赖以生存的那部分财富，就是社会的，你所拥有的不过是一时的支配权而已。真正的安全感，与绿卡无关，也不是移民就能够实现的。真正的强者，要学会顺应历史，顺势而为，笑到最后，这才是成大事者的创新求胜之路，才是成功者的生存发展之魂。顺势而为，才能拥有更多的安全感；向死而生，才能真正活出滋味。

对武总的现状，我的理解是"是福不是祸，是祸躲不过"，想通过移民来解决远虑近忧，怕是不能如愿。当前新常态下，企业经营本来就压力增大，困难重重，理应带着团队全力以赴解决问题，涅槃重生。关键时刻，为了保绿卡和国籍，丢下企业去国外那么久，分散了宝贵精力，浪费了最佳时间，对事业造成了不可估量甚至无法逆转的损失。可惜，可叹！

一棵在农村长大的树，若真移植到陌生的城里，能活过来，活好吗？

古人云"心在哪，哪里好"，此话既是因，也是果。想起佛教界的一个争论，幡动？风动？其实是心动了。

我的心，在海安。故觉得海安水美、地丰，人亦好。七星湖、东洲公园、苏中植物园、怡心园……适合百姓休闲的免费公园已成气候，越来越赏心悦目。以怡心园为例，随时敞开着大门，欢迎认识不认识的朋友们观景散心。它是我建的，但不属于我，它是乡邻的，是海安人民的。

我是唯物主义者，但有些偏于主观唯物。

唐朝唐太宗问宰相许敬宗："我看大臣之中，只有你德才兼备，但有人却不这样认为，这是为什么？"

许敬宗回答："春雨如油珍贵，农民喜欢它滋润了庄稼，但路人却厌恶它让脚下变泥泞了；秋月像镜子一样，美女喜欢它明亮的光辉，但是盗贼却怨恨它的光辉。"

细细思量，那些弃家乡于彻底不顾的人士，大抵也是如此吧。

海安，我看到的是机遇，是责任，是行动，是担当，是骄傲，是更多如父母亲那样勤劳不息的亲人，是亲朋好友般淳朴善良的普通群体，是埋头苦读的莘莘学子和他们满怀希望的青春，是傍晚时分依稀的炊烟和黑夜中等待的灯火，是承载着我五十多年的酸甜苦辣的厚厚一摞日记本……这一切，已经渗入了我的血液和灵魂，如何能够舍弃？

叶落，需要归根，叶不落时，更需要根的滋养，否则，只会飘零和枯萎，只会是无依无靠。

从生命的呱呱坠地开始，到最后的"无可奈何花落去"，无论是达官贵人，还是富甲一方；无论是高朋满座，还是"穷在闹市无人识"；无论是"躲进小楼成一统"的修行者，还是奔走职场的蓝领、白领……在家乡的好好护着，在外的常回家看看。

海安，是我的根。如同空气一样，无时无刻不包围着我，支持着我。她好了，我才好。她若不好，无论我走到哪里，都没法好到哪里去。

## 人生拐点

大理，再去一趟，且专为健康而行，可说是真的不易。

一是，月初企业工作多，特别是各企业高层人员的面谈，是我把控企业、了解实情、下情上传的重要举措之一；二是，孙子崇铭越来越调皮，只靠兰芳一人担心管不了他，再加上兰芳因妈妈去世，身心未能调整过来，不放心她一个人在家；三是，大理已去了N次，真的只为健康而去，觉得有点不值得。

之所以去了，是为了呵护一颗激情的心。与佟结缘已十多年了，彼此都有了些许的了解，特别是前些时的楠溪江游学。与佟相谈甚欢，为他重新燃起的激情而高兴。当他告诉我"八月份大理健康之旅"的计划时，我脱口而说："我去！"

男子汉，大丈夫，一言九鼎，说了就要做到。我不但参加了，还动员了我弟弟一起参加，这才有了人生拐点之说的又一次大理行。

拐点之说，未必妥帖，可我一时又想不到一个更好的词汇，用来写出我此行的感受。

从对红木感兴趣，到对"烂木头"感兴趣。不只是一个简单的喜好拐点，更重要的是理念的改变。"烂木头"未烂，只是多了岁月的打磨，多了时光的雕刻，更显木头的本质。与红木相比，它多了自然、本真、艺术、自由、轻松。

有人说："送给我，也不要。"是的，要是在以前，我也会这样说的。可是这次来大理，我开始喜欢上了"烂木头"，并做好了与"烂木头"为伍的准备。

降压药，扔在了住的古榕会馆房间，没有带回来。因为我看到"季大哥"的精气神，相信靠自我的内力调整，也一样可以治好我的高血压、高血脂。"季大哥"行，我一定也行。

是不是盲目？不知道！但我已这样发愿了。

是不是科学？不知道！半年后，让事实说话。

至少，五行的相生相克被历史证明是对的，有道理的。

"是药三分毒"，依赖外力只会让自己的身体变得越来越懒散，丢掉自我修复的功能，这个是没有争议的。更何况，还有"季大哥"的先例，他的面部神经麻痹、高血压不药而愈，给了我最好的示范。还有"雪丽姐"的癌症自愈，彻底打消了我最后一丝怀疑。

倾听、拍打、拥抱，真的是灵丹妙药。在我内心，如果说还有放不下的就是兰芳。女儿大了，能自立了。孙子也有了，女儿不是问题。企业可以请职业经理人，我只要把战略定好，规则定好就好。而兰芳则不行，她需要我。虽说她嘴上说的正好相反，但我明白她的内心。

当然，虽说明白了她的内心，但没找到一个恰当的表达方式。"德本师"的一席话，令我茅塞顿开，找到了解开这把锁的钥匙。那就是，倾听、拍打、拥抱。

人与人之间的相处，语言交流固然重要，但非语言的交流更加重要。特别是亲密的两个人之间，更是如此。拍打、拥抱是精神安慰，更是物理治疗。拍打、拥抱产生的生物电，是打通经脉、气脉、血脉的灵药。三脉通了，人的心情就好了。心情好了，一切烦恼就烟消云散了。人生也就愉悦了。

发愿：长拜、诵经。"长拜"又叫"大拜"，从昨天起着手准备，今天正式开始，坚持天天"长拜"，且每天不低于六十个，逐步达到一百〇八个。坚持农历的初一、十五上午在观音堂诵《药师琉璃光七佛本愿功德经》至少一遍。

此时，想起早上"长拜"时的情形，头发淋着汗珠，衣服湿透了，黏在身上。好在手上戴了棉手套，否则真的是无法拜下去了，到后来，两腿发软，会不由自主地拜下去，但起来，好难好难啊，好像要散架了一样。

心里还是有些担心的，身体能不能适应？意志能不能坚持？我还好说，他们怎么样？要是没有他们的陪同，我还能履行自己的誓愿吗？

为了不影响上班时间，又要长拜，对原来的早课内容做些许的调整，以确保早课控制在一个半小时之内。

"水果煮着吃"。胃溃疡已是老毛病，也就没有把它当回事，直到近来又因胃出血第六次住院治疗。联想起基因检测报告的数据——得胃癌的概率高于常人十倍，这才引起重视。

"胃出血，根不在胃"，"虚劳脉""芤脉""风木旺"，太多的专业术语，我没能理解，但"尽力忌口"的告诫，我坚信我还是能做到的：奶类、豆子、咖啡、海鲜、河鲜、粽子、青团、年糕等黏胃不易消化的食物少吃。水果少吃，最好是"水果煮着吃"。印象特别深刻，为此，专门请朋友送我一只可以煮水果茶的电热水壶。

人们都知道圈子很重要，但未必知道自己需要怎样的圈子，更不知道如何融入圈子。既能成为圈子的一员，又能保持自己的本色。学习是应该的，但更要善于学习，否则就不是应该提倡的学习。这是我一直以来坚持的原则。

此次大理之行，遇上几位高人，是我意料之外的喜悦。无论是夏勇先生的针灸、"大禹治水"先生的偏方、"德本"先生的禅修、"虚出"女士的美庐、"容興"女士的茶艺，都令我震撼。

一群人坐禅堂喝茶，不知不觉中，困意来了，真的是奇了。要不是亲身经历，打死我也不信会有这样的事。事后想一想：也可以理解。参与的人关上手机，盘腿坐在禅堂，静等大师泡茶，等着品鉴。关上手机，没有了干扰。盘腿坐着，心静了。边看泡茶边等喝茶，一切都放下了。放下了，身心轻松了，人的意志已被本能所代替，睡意也就不知不觉来了。

人生能有如此的享受真是福气啊！

"大禹治水"先生在微信里说："我们轻轻地来，悄悄地走，不带走一片云彩。"他说的也许是对的，可是于我来说：云彩是没被带走，但我带走了太多太多一般人带不走的东西，虽说有点多，但并不觉得很重，反而有身轻如燕，要飞起来的感觉。

人生的路，于我来说，希望还有很长很长。曾开玩笑说"目标一百岁"。有了目标就应该修正自己的习性，适应目标的需要，否则偏离了实现目标的大道，人生的路，就会越走越艰难，也许还没有到达目的地，就被压倒了。

一个个拐点织成人生的彩霞，演绎着人生的哲理，昭示着心灵的音符。

此次的拐点，是我从自信迈向自由的起点。活着，健康地活着，健康愉悦地活着。

简朴、艺术让人生更洒脱，少了些许的俗气。

礼佛、诵经，能使人生更智慧，少了更多的烦恼。

如此，人生的旅程将会愉悦多了。

## 楠溪江游学

温州、永嘉、楠溪江、永嘉学派、永嘉书院，要不是有此游学，只有温州是我熟悉的。它是中国最有经济头脑、最敢闯的一群人的代名词，其余真的是闻所未闻，这都是因为我孤陋寡闻，学识肤浅。

参加这次游学，我知道了"永嘉书院、永嘉学派"，特别是听骆玉明老师的《诗与禅》讲座，令我兴奋不已。看来，我揣着沉甸甸的工作压力与情感伤痛，撑着胃溃疡的身子，拖着疲惫的脚步，参加此次游学，不但调整了心情，抛弃了压力，恢复了体力，而且领略了楠溪江的风光，真是太值得了。

"消弭固执和对立，消弭贪欲与妄念、消弭紧张和焦虑，便能以空尽玄妙的智慧、朴素自然的心情、随缘自适的态度求得属于你的真实的生命。"要是把最后一句改为"活出属于自己的人生",似乎更能表达我当时的心情与想法。特别是在当前世界风云突变,社会"懒政"流行,市场需求锐减,团队人心易变等,"新常态"下,应对压力与风险可想而知,稍有不慎,后果不堪设想。

怎么办?上面骆玉明老师的一段话就是最好的回答。由此,我想起了十六个字:人生是诗,诗也人生,人生即禅,禅即人生,算是自慰吧!

受此启发:我草成两首小诗。

诗一《楠溪江行》:

师生永嘉诗与禅,只为自由不羡仙。缘何湿衣汗夹雨,山上溪中声相闻。

诗二《思想》:

对窗思孙妻,落泪湿我衣。忆起庭院日,鸟眠声已稀。

我还学着填了《醉太平·永嘉行》词一首:

心怡、芳伶,意洁、情真。楠溪永嘉禅诗,对视侧耳听。当惜,珍藏。茶情,诗意。遥望伯牙子期,侯闻新乐曲。

是不是诗?是不是词?有没有禅意?我不知道,只是兴致所

至、随手拈来的。我把"诗词"发给女婿艳领,他看后也发来《南歌子·行者影》词一首:

> 永嘉隐溪江潺,撩枝侧耳闻,音似伯牙鼓乐瑟,隐若入我梦中寻。 一枕解黄粱,无痕亦有痕。为何归乡觅闲云?自有伴我行者妻与孙。

读了艳领的词,我看到了自己的差距。感觉他胜过我多了。

游学期间,我还参观了红蜻蜓公司,对鞋文化博物馆感触甚深。红蜻蜓公司能把企业的鞋文化挖掘得如此之深、之广,让我佩服得五体投地。还有大事记的布置,企业宣传片的洒脱,也给我很大的启迪。怎么深?从树皮、兽皮的鞋开始到今天的款式百出、材料百出的鞋。怎么广?国内所有民族的鞋,令我大开眼界,也让我对中国鞋子的发展史有了大致的了解。

今年是企业成立三十周年之际,怎样包包扎扎,轻装上阵,迈向新的三十年,是我近期耗费心血所思之事。受此启发,"空灵的开放、专一"已深入我的脑海,刻在我的心肺上。

骆玉明老师说:"禅是一种哲学、一种宗教,但禅更是一种体验、一种生命形态。禅远看似乎虚无缥缈,不可触摸,但真的走进去,它却平平实实,真真切切。"说实话,我感觉到了,这可能与我礼佛六年多有关。

游学是短暂的,三天时间在不知不觉中溜走了。好在还有登山、漂流的照片记录下游学的足迹,足够回忆一辈子。

游学的收获,还将视各人的修为而论。是过眼云烟,一笑而过,还是人生的突破口,当视修为而定。

以金融为平台,整合农业产业链,提供有效供给。是企业未来三十年的目标、宗旨、战略，同时用"合作·分享"有形的物质之手，牵动员工的心；用"德根深植"无形的文化之手，托起员工的道德底线。用好这两手确保企业的目标、宗旨、战略得以实现。这是我楠溪江游学期间突发之奇想，是不是适应社会趋势？是不是适宜企业选择？是不是能够实现？问号还会有，我已想够了，不想再耗费心血了。

　　心动不如行动。先动起来，再让时间给予答案。当然，真的"夜深水静鱼不食，满船空载明月归"时，也当"喝茶去"。努力过，拼搏过，奋斗过，人生就精彩。

## 想象着那样一个美丽的月夜

庄晓明

无疑地,那是扬州历史上最辉煌的一段时光。它不是人们所熟知的"腰缠十万贯,骑鹤下扬州"的盐商之都,而是属于云蒸霞蔚、气象万千的初唐,一个刚从混乱中涅槃的民族,正向着世界,向着宇宙,睁开一双澄明而无限憧憬的眼睛。多少次,我想象着那样一个美丽的春夜,孤独的诗人在寂寞的江流声里踱步,徘徊,被一种前不见古人,后不见来者的苍茫壅塞胸怀。突然,从蓊郁的花林那边升起的一片最初的月光击中了他。他感到自己的躯体开始透明,并随着江月一同浮升,一同俯瞰这片广博而温馨的大地,一个波光滟滟的梦幻世界。于是,仿佛江水的自然流泻一般,这样的诗句从他的胸中汩汩而出:"春江潮水连海平,海上明月共潮生。滟滟随波千万里,何处春江无月明。"何等气象!仅此数句,已足以使一个诗人永生。然而,神明天启的诗句,继续联袂而至,几乎使我们屏住了呼吸:"江畔何人初见月,江月何年初照人。人生代代无穷已，江月年年只相似……"此时，他感到自己易朽的躯体，如同一叶扁舟，被潮水的韵律推拥着，在水天一色的月光里，飘向一个永恒的境界，载着人间的情爱、思念、期待。

在中国文学中，能与西方相抗衡的，唯有诗歌。《春江花月夜》的诞生，于浩瀚的中国诗史，不啻是一个奇迹，那种对时间的从容追问，身心与宇宙俱融为一体的空茫之境，均唯东方所特有。但对于尚兴趣而乏玄思的中国文化传统，《春江花月夜》又同时是一个异数。梁宗岱先生曾为中国寻找出一首具有宇宙意识的伟大诗篇——《论语》中的"子在川上曰：'逝者如斯夫，不舍昼夜'"，我认为还应立即补上张若虚的《春江花月夜》。

然而，在漫长的诗史中，张若虚是寂寞的，即使近于同一流派的李白、苏轼这样的大诗人，也未对这位前辈诗人表示应有的尊敬，甚至未置一词。李白的"青天有月来几时，我今停杯一问之"，苏轼的"明月几时有，把酒问青天"等杰作，无不是从《春江花月夜》胎出。相反，他们对其他诗人表现了异乎寻常的热情，如李白对写下七律《黄鹤楼》的崔颢的叹服，苏轼对有婉约缠绵诗风的秦少游的推崇。这不禁使我想到歌德对音乐家泽尔特的完全信任，却对伟大的贝多芬视而不见。这是一个颇值得玩味的现象，显然，这几位伟人所推举的对象，整体上都不能对他们的天才提出挑战，动摇他们的位置，他们完全可以以宽容的心态对之。况且，在喜以诗才炫胜的中国古代，以自己才华的短处，与赞美对象的擅长打个不分胜负，也是一件令人惬意的事。无论多么伟大的诗人，首先是具有七情六欲的凡人。可以想象，李、苏初触《春江花月夜》的瞬间，当会有一种被电流击中的感觉，并发出"既生亮，何生瑜"的叹息。这里，我们必须充分理解"明月"对于中国诗人的特殊意义。在中国诗史中，诗人所咏叹的对象，以明月为最多，亦最佳，明月实际上已成了大自然，或人类所面对的整个宇宙的象征，"明月诗人"已成了中国诗人所向往的最高桂冠。在这一原则问题上，天才而自负的李、苏当然都是不会拱手的，最合适的选择，自然是沉默。但在历史最终馈赠给人类的这三大"明月诗人"中，李白的明月最雄奇飘逸，苏轼的明月最富于情思，而张若虚的明月则是悬得最高远的。他不仅以自己的"孤篇"盖全唐，他甚至已成了一种象征：一个诗人，与他的整个世界的全部努力，就是为了最终成就一首伟大的诗篇。

博尔赫斯在他的一篇精彩随笔《论惠特曼》中曾写道，一直存在着两个惠特曼，一个是由一生枯燥乏味的日子构成的凡俗肉躯，另一个则是由诗歌的天国般的宇宙所提炼出的伟大象征。而后者在本质上，可能更接近真实。这使得我的这篇文章的展开，有了充足的勇气，甚至产生了更大的野心，试图同时从形而下和形而上两方面，勾勒出一个诗歌艺术大师的形象。作为张若虚的同乡，我有资格这样要求自己，并进而索要一本完整的《张若虚诗集》。然而，我们所面临的事实又是如此的令人难以置信，张若虚仅留存下一首孤篇盖全唐的《春江花月夜》和另一首仅为文史研究者知晓的《代答闺梦还》，这简直是造化弄人。看过《代答闺梦还》的朋友应有这样的感觉，全诗艳丽工整，欲出宫体之篱，似启温李之风，一般诗人作出此等诗来，应颇可自负了。然而，若站在伟大的《春江花月夜》身边，则不啻天上人间，显得局促、拘谨，没有能够充分地铺展、放开。这里，历史又出了一个谜，为什么这首平淡的诗作，能和《春江花月夜》一道，挂在张若虚的名下，唯一合理的解释，它应是张若虚的少年成名之作，才有机会侥幸流存。如果仔细品味，此诗奏鸣曲式的结构，对时光流逝的怅然咏叹，都是张若虚的风格，并预示了他日后的发展。但不论怎么说，此诗只能充当《张若虚诗集》的底座，在这底座与塔尖的《春江花月夜》之间，按常识推断，至少应布满了"海上生明月，天涯共此时""同来望月人何处，风景依稀似去年"这样风华的诗句。

在"江湖多风波，舟楫恐失坠"的古典时代，诗人作品的散佚，应属正常现象。然而，同为唐朝著名诗人，李白作品散佚十之八九，至今仍有九百余首流传，连清心寡淡的山水诗人孟浩然，亦传下了二百余首诗歌，何以张若虚独受此重大打击呢？关于张若虚的生平，《全唐诗》仅有寥寥数语："张若虚，扬州人，兖州兵曹，与贺知章、张旭、包融号'吴中四士'。"对于包融，我所知不多，至于贺知章、张旭，当然是历史上赫赫有名的人物，以唐人那特有的饱胀的生命力，蔑视习俗，乖张行为，名噪一时。张若虚当时能与此辈并提，性格特征、行为举止上，一定有不俗之处，从《春江花月夜》所透露出的气质分析，张若虚应与激情迸飞、外向型的贺张辈相反，以内倾的沉思、哲人的孤僻而引时人注目。无疑，这一性格特征，在出版业和传媒均不发达的古代，对诗人并非幸事，遑论李白，即使方正拘谨的杜甫，也会怀揣诗章，壮游天下，四方拜谒，博取诗名，并有助于自己诗篇的流布。因此，许多平庸的诗卷，都能在《全唐诗》中占有醒目的篇幅。而作为伟大的哲学诗人，张若虚的精神世界是自足的，他完全陶醉于向着宇宙，向着时间的发问，倾听着诗行间那迷人的回响。他充分体味着作为一个诗人的无穷乐趣，而他也必然离世俗的世界愈来愈远。尽管，他曾以最初的"文辞俊秀"，如《代答闺梦还》一类的作品名闻当时，但从同代诗人中，竟寻不到一首与他唱和的诗作这一罕见的情形，可论证他彻底的孤独。与王维们的终南捷径相反，他成了一个真正的隐士，完全生活于自己的精神世界。然而，我几乎是以一种愉快的心情，想象着那样一个"清昼犹自眠，山鸟时一啭"的世外生活：只有当晚风吹拂的时候，诗人才款款醒来，与星辰一同睁开眼睛。水井边洗漱后，他背着手，在属于自己的庭院独自徘徊，伴着缥缈如孤鸿的身影。此时，他的心境是满足的，他已进入中年，已完成了伟大的《春江花月夜》。凉风如水，拂过竹篱，拂动水藻一般的松影，而松隙漏下的银辉，仿佛星空来访的故人的视线，与他交换着鱼儿一般的语言。时间就这样静静地流逝，直至夜凉将他唤醒，才发觉庭院的阶石，已不知何时落下一层霜色，仿佛复远行的故人的履痕……于是，他匆匆回到房间，他要攫住这时间偶然漏下的清辉。他案头的文字在闪亮着，在一个又一个的夜晚累积着，它们的亮度，已欲与窗外的星空并高，与时间抗衡——时间开始嫉妒了，它要收回它曾经慷慨馈赠的一切。终于，由于一个偶然事件，极有可能遭遇了《红楼梦》的命运，他孤独的案头默默累积的《张若虚诗集》，悲剧性地散佚了。

如同历史上的许多伟大的作家一般，曹雪芹和张若虚都遵从了命运的安排，将自己的身世隐入了宇宙的迷雾，隐入了自己永恒的作品，仿佛曹雪芹、张若虚这两个肉躯的人从未存在过，只是某种宇宙的符号，在某个神奇的时刻，启动了一下嘴唇，又复归于空茫之中。他们之间所不同的是，《红楼梦》一直尾随着影子一般的续书，而《张若虚诗集》的残缺，则无人能续，或不可能有续。能弥补，或正在弥补那一片千古遗憾的，只能是无边无际的月华和不舍昼夜、浩浩东流的江水的韵律——在这一意义上，张若虚又幸运于所有的古典诗人。

# 微信时代的一根蛐蛐草

吴 敏

近日,一个偶然的契机让我回忆起了童年斗蛐蛐之乐。

那时我家住杭州菜市桥附近,离庆春门不远。每到暑期,我会约上三五发小一同去捉蛐蛐。捉蛐蛐须起个大早,否则等日上三竿,蛐蛐就不鸣唱了。那里是一片络麻地。因为怕被农民伯伯发现,我们就钻入深处,寻听蛐蛐的声音。蛐蛐声有两种,一种是"瞿瞿"之声,那是雄蛐蛐的叫声,亢奋得很。另一种是雌雄一对在聊天,声音柔和,仿佛沉浸在热恋之中。我们听准后,拿出准备好的捕捉工具:一把起子,一个罩子。先把周围的草拔干净,然后用起子小心翼翼地挖开泥土,待蛐蛐蹦出来时,便以迅雷之势扑上去用罩子罩住,再腾出拿起子的手衬入罩底,把蛐蛐装入竹竿锯成的小竹筒。判断蛐蛐的位置,除了听声外还可以目测,凡泥地里有小手指大的洞洞,内中必有蛐蛐。遇到难挖的洞,我们也有办法:水攻。没水就撒泡尿进去,蛐蛐一现身,就会成为我们的俘虏。碰到正在谈情说爱的蛐蛐，被我们一挖，棒打鸳鸯，就散了。我们只捉两根尾刺的雄虫，不理三根尾刺的雌虫，现在想来，也是拆散人家恩爱夫妻的一件缺德事。小蛐蛐"赤膊佬"我们也弃之不顾，因为它们的羽翼和牙齿尚未长好。当然捉蛐蛐也有风险，正当你挖得兴起时，有时会猛窜出一条大蛇，把小伙伴们吓得半死，四散逃去，即使这样也没有减弱我们捉蛐蛐的兴趣。待到捉了十几只后，庄稼地里已是一片狼藉。怕农民伯伯发现，我们就开溜了。

斗蛐蛐更是其乐无穷。发小们拿出旧搪瓷杯，家境好些的拿一个蛐蛐盆，把竹筒里的蛐蛐倒入盆中，就用蛐蛐草（捉蛐蛐的地方特有的一种草，草的一端弄成须状）挑逗。蛐蛐按大小分级分别起好名字：大王、二王、将军等。蛐蛐不是一入盆便会打斗，先须热身，小主人各自用蛐蛐草撩拨自己的蛐蛐，蛐蛐便会兴奋起来张开獠牙，此时可以把它们引到一处，打斗就开始了。蛐蛐们"以牙还牙"，撕咬的过程十分惨烈。有的蛐蛐被咬断大腿仍战斗不止。刺激得小伙伴们手舞足蹈、欢呼雀跃。得胜的蛐蛐会振翅鸣叫，以示威风，败将则在盆内四处逃窜。蛐蛐获胜的发小喜形于色，战败蛐蛐的主人则垂头丧气，大家的情绪大起大落，口角之争也就不可避免。然而争吵之后第二天就会言归于好，又一起在鱼肚白时启程去捉蛐蛐。

往事转瞬即逝，青春门外早已不再有农田，而是高楼林立，成了一片繁华的市区。只留下美好的回忆镌刻在我心中。

让我想起这童年往事的是我三十多年前教过的一班小学高年级学生。两个月前，终于跟上电子化节奏的我，通过微信找到了这些毕业后基本上没有再见过面的学生，惊喜地发现昔日顽童而今不但一个个事业有成，而且思想活跃、学问渊博。时光缩短了师生之间的年龄差距，双方感觉可以像同龄人一样时而温馨叙旧，时而贫嘴调侃，时而激情辩论。我在微信群中扮演"八贤王"一角，时时鼓动大家积极上群。群里热闹时我会旁观，看着爱徒们嬉戏耍闹，我也快乐无比，群里鸦雀无声时，我会发个鸣锣开会的表情，或转发一些益智有趣的链接，让群里始终充满朝气。我想拉近昔日"学渣"和"学霸"的距离，鼓动学渣勇敢地把学霸拉下神坛，没想到长大了的学霸学渣也不是省油的灯，他们不但不上我的当互斗，而且突然联手反击，合送了我一个"蛐蛐草"的诨名。我嘴上喊冤枉，其实正中下怀，因为这根蛐蛐草让我回到六十多年前的少年时光，上面的"蛐蛐文"就是这样诞生的。

　　本群"蛐蛐"中有口才好的，也有动手能力强的；有擅文史哲的，也有精理工、IT的；从政从商从文的，热心公益事业的，五彩缤纷，各有千秋。看到昔日最钟爱的学霸女弟子如我当年预言的一般成绩斐然，我深感欣慰。但超出我想象的是，幼时一心读书、有些死板的她如今竟变得睿智豁达，能在群中与发小无拘无束地嬉闹。更令我欣喜的是当年默默无闻者的异军突起。比如有位当年根本没有引起我注意的小男生居然成了群里思维最敏捷、口齿最锋利、汉文化水平高超、知识储备雄厚的风流才子，恰似由赤膊佬长成了英勇善战的挂袍大将。更有意思的是，有个小时候腼腆内向的小女生竟长成了一个口才惊人的辣妹子，她与才子唇枪舌剑的互动是群里最大的亮点。

　　很多教师爱引用爱因斯坦的汗水加天分理论来激励学生，日前群里有个懂英语的高足找到了爱因斯坦的原话："我没有一项发明是碰巧得来的，当看到一个值得投入精力的需求有待满足时，我就一次次地做实验，直到它化为现实。这最终得归功于百分之一的灵感和百分之九十九的汗水。因此，所谓天才往往不过是一个能完成自己所有工作的聪明人而已。"这与我的想法很契合：天才就是聪明人通过自身努力完成自己能做的事。

现代科技真好，一个微信群就给大家带来"天天见面"的机会，大家宛若重返了童年，在戏谑打闹中给紧张快速的生活减压。在我四十三年的教师生涯中，同事和弟子都以为我是一个严肃认真、不苟言笑的人，直到现在上了微信，他们才发现我随和风趣的一面。一方面，能凭自己痴长三十岁的优势和学生分享人生经验，我自然高兴。另一方面，这些年富力强、思想开放、见多识广的学生也教了我很多新东西，引起了我对一些固有观念的再思考，这一点更是令我欣喜万分。其实学生当年之所以只看到我严肃的一面，是因为我的口才很差，虽说站了一辈子讲台，但是中国教育要求教师写详细的教案，连每句问答都要写上，教师上课像是宣读圣旨一样，根本不允许即兴发挥，所以我的口头表达能力一直没能得到提高，导致学生听来索然无味。难怪学生尤其是调皮男生的屁股坐不住。其实最好的备课是增长教师的知识内存，如果每个教师都有一部"百度"，他们就可以在课堂上按照既定教学目的任意驰骋，把学生的兴趣调动到极致。比如高校教授的演讲，那些讲着讲着就脱稿的即兴发挥远比照本宣科要精彩百倍。

现在我的弟子中有几个熟悉外国情况的，其中还有定居国外的，他们青睐发达国家的文化教育，把子女送到国外读书，有位弟子甚至认为当今中国读书已经无用了。而我认为读书始终是有用的，因为读书就是能长知识，古代秀才不出门能知天下事，就是靠读书获取的知识。要反对的是现在这种奥数等培训班多如牛毛、孩子读得疲于奔命、家长掏得倾家荡产的现象。这样能培养出什么人才？更可怕的是还有愈演愈烈之势。有时我反对孙女去读这么多班，她父母说不读就进不了好学校。我看还是高考指挥棒的问题。

中国现在并不缺千里马，缺的是伯乐。其实西式教育成功的原因就在于开发学生智力、培养学生兴趣，与我这根蛐蛐草撩拨蛐蛐异曲同工。如果我们也这样进行教学，尽力鼓舞学生的斗志，使得他们能够喜欢学习而不把学习当作负担，就必定会事半功倍，何愁不出人才呢？现在的孩子生活上虽是小王子小公主，但是学习负担实在太重，久而久之会产生厌学情绪。他们丢失了太多的童年快乐，从未有过我斗蛐蛐那种无法言喻的享受。看看中国古诗词大会上那几个风华少年的出色表现，他们无不是从兴趣出发渐渐步入中国古文化殿堂的。如果我们能够改进教学法，努力提高教学质量，让中国人在少年时代就能产生勇猛蛐蛐般的昂扬斗志，中国梦就一定可以走向现实。

赤膊佬才子曾戏称引起两虫恶斗后自己毫发无损闪到一边的蛐蛐草是招是搬非的利器。我反问蛐蛐草若果真如此强大，为何不能让其他物种相争？实在是蛐蛐本身好斗，蛐蛐草只是鼓舞蛐蛐斗志的利器而已，就如才子本人，若没有我这根微信蛐蛐草的撩拨，也不能激发他酣畅淋漓地展露满腹经纶、极尽纵横捭阖之能事。

耄耋之年还能与已成社会中流砥柱的学生进行愉快又有教益的深层次交流，老天何其厚我。我很乐意继续努力当好蛐蛐草，陪着我亲爱的蛐蛐们在人生旅途上尽情玩耍一番。同时我正在努力寻找其他失散多年的蛐蛐，也不知他们是否安好。四十三载的杏坛耕耘给我带来这么大的收获和快乐，我真应该对所有蛐蛐说一声谢谢。

性 灵 〈〈〈

# 我与书的故事

张艳茜

## 一次没有完成的阅读

那是上大三的第一学期。该是金色的秋天,却是西安绵绵细雨的季节。

喜欢雨的我们从不打伞。下课了,我们拿着夸张的大号饭碗,踩着雨水去食堂。低头走着,我却与一把大黑伞碰了头。是我们班的辅导员,好像专门在等着与我相撞。他表情有些古怪地叫住我说,需要我帮他在图书馆借一本书,书名是《光荣与梦想》。

我好生纳闷,辅导员自己借书岂不比我更方便?虽然疑惑,我却没有说出口。

将书借出来才知道,这套书共有四册,1978年由商务印书馆在未获得作者授权的情况下引进并作为"内部发行"的。《光荣与梦想》还有个副标题——"1932～1972年美国实录"。作者威廉·曼彻斯特，是20世纪40年代以来，美国《巴尔的魔太阳报》独占鳌头的记者和作家。包括他的《光荣与梦想》在内的10部著作，曾被翻译为17种语言和盲文，畅销世界。

在没有将《光荣与梦想》第一册送到辅导员手中时，我在犹豫，当初不知道是几卷本的，我是否要将这部书四册一同借出来呢？

犹豫的过程里，我浏览了这第一册。这部书是美国的一部继代史，作家充分运用新闻报道的特写手法，根据大量的美国报刊资料和采访材料，勾画了从1932年罗斯福总统上台前后，到1972年尼克松总统任期内水门事件的四十年间，美国政治、经济、文化，以及社会生活的全景式画卷。

看过书的开卷，"最惨的一年"—— 1932年美国经历的"经济大萧条"，对竞选上任的罗斯福总统还没有充分了解，辅导员就来找我了。他并没有向我要书，而是给我写了一个地址。然后他说，好像你在××大学有中学同学，你在去看你同学时将书送给这个老师吧。辅导员的语气听上去像是在命令我。

那时候西安的公交车不多，位于西安南郊的那所大学，感觉中距西北大学很是遥远。周末时，我几经辗转来到那所大学，先见过我的同学，然后按图索骥，找到那个老师的宿舍。

房间的窗户两边各有两张床，一边坐了一个人。我敲门走进去时，两个人同时从床上弹起身。好像已经等待我多时了。一个中等个头、皮肤略黑的人对我说，他是我辅导员的大学同学。他指着旁边的高高瘦瘦、戴着眼镜、白面书生模样的人说，书是帮这位老师借的。说完，他很不好意思地连说抱歉，说他还有事，得先走一步。

那个白面书生老师招呼我坐在对面的一个方凳上，倒了一杯水。我手里端着水杯，眼睛不好直视他，"王顾左右"中，就看到这个老师靠墙的床头上方，有一块很深的形如瘪了的毛糙皮球样的污渍。我走神地想了好一会儿，明白了是脑袋靠床头时日积月累绘出来的痕迹。

书生老师问了我一些什么，可能是大学里的事情吧。然后他说，这部《光荣与梦想》他想看很久了，但是他们学校图书馆竟然没有，只好求助西大了。他还说，他知道这部书有四册的，既然已经麻烦我了，能否在他读完第一册后，还书时继续麻烦我帮他借第二册。见我爽快地答应了，他很高兴，他说下次就不让我跑这么远送书了，他会去西大取的。

《光荣与梦想》第二册书从图书馆借来，我等待书生老师来换书时抓紧阅读。第二册里，历史已经进入了"二次大战"。我刚刚看到"中途岛海战"——太平洋战争的转折点，书生老师就来西大取书了。

一来二往的借还书中，我对书生老师有了些了解。书生老师从小寄宿在外语学校，是耳朵里灌着"伦敦音"长大的，1978年应届毕业参加高考时，他顺利地考到北京二外。难怪他的普通话里掺了浓重的京腔。

西安的秋天很短。书生老师来还《光荣与梦想》第四册时，已经是冬天了。当第一场雪落在西安时，那天傍晚，我在宿舍里自习，叩门声响，他走进房间，顶着一头的雪花，带着户外清新的空气，身着一件军绿大衣，看起来比往日高大魁梧，且有几分英气。那一刻，坦白地说，我的心底竟有一种莫名的震颤，呼吸短促着，脸也有点发烧。我对自己的走样很是羞恼。好在他在忙着擦拭蒙了雾气的眼镜，没有发现我的反常。

四册书已经换借完了，我们的交谈似乎也失去了固有的目标，像户外的雪花，自由舞蹈之后骤然飘落得茫茫然。

因为下雪，这次，书生老师没有骑自行车。我担心他赶不上晚班公交车，很希望他早点去车站。于是我先起身出门，主动要求送他。雪花飞扬的校园宁静而美丽，一路上我们没有说任何话，安谧中聆听着脚踩雪地的吱吱声响。

大三的第二学期开学时，我收到了书生老师的一封厚厚的信。信的内容没有令我激动，反倒使我烦躁不堪。它来得太早了，我还没有心理准备。内心里希望那个飞雪的夜晚，很有弹性的吱吱雪声能绵延下去，不要那么快就失去了原有的静谧。而信里却要求我即刻做出答复——"yes or no"。

这个时候，我才发现，我们俩就像是两个捆扎严实的包裹，被有意或无意地扔到了同一辆邮车上，虽然同行了一段路，彼此却并不真正了解。

我看着信，烦乱之中，不由自主地拿起笔来修改了里面的错别字。实在没有想到，书生老师在得到我的等我毕业再考虑的答复后，会要求我退还这封信。而我竟然愚蠢得真的退还给他了。

在我做了编辑之后的多年里，每每修改作者的作品，我都会想象着书生老师当时在看到这封被修改了的信时，一定比得到我的答复还要受伤害。

若干年后一个干燥无雪的冬日，书生老师来到编辑部。他理着板寸平头，略微发福的身上穿了一件黑色皮夹克。他有些犹疑不定地走进我们当时开放式办公的编辑部。

我完全没有认出他，以为是上门送作品的作者。

坐在对面，我们长时间的沉默，这是无法跨越长长的一段陌生时空的沉默。然后，他告诉我，已经在美国工作多年的他，这次是因为即将举家迁往大洋彼岸,专程来向我道别的。他说,走之前他必须得告诉我,当年他是作为"猎人"瞄准目标与我相识的。事先的一切都做了安排,我却傻瓜一般浑然不知。然而,没想到"猎物"还是从圈套里逃脱了。

他苦笑着说,人生有三大悲哀,一是不懂得如何做选择,二是不坚持自己的选择,三是一生都在不断地选择。他说:"你的问题出在不懂得如何做选择,而我则没有坚持我的选择。"

他说:"很后悔,当初不该借《光荣与梦想》,这个书名像是早就预示了将有终生遗憾的梦想不能实现。"

那年的圣诞节,我收到一封印有USA邮戳的贺卡,信封上没有地址,里面也没有落款,只有四个大大的字:"圣诞快乐!"悬挂在贺卡的半空。这笔迹在我没有做编辑之前见过的。

当初,《光荣与梦想》的第四册因为借阅的时间到期,我没有读完就交还图书馆了。

这是一次没有完成的阅读。

## 心上的浮云

有一句网络语:"神马都是浮云。"

也有另一种浮云,它们像由液态水滴组成的水成云,层层叠叠积蓄在人的眉头之下,心头之上。有一天,这些浮云可能会化作绵绵细雨或晶莹的雪花,飘逸着喜悦与忧伤,当然还可能是冰雹。这便是甘苦自知的记忆收获。

一个自称是最后的牛仔——罗伯特·金凯心头的浮云,被美国作家罗伯特·詹姆斯·沃勒在20世纪90年代中期写入了《廊桥遗梦》:

>　　我在此时来到这个星球上，就是为了这个，弗朗西丝卡。不是为旅行摄影，而是为爱你。我现在明白了。我一直是从高处一个奇妙的地方的边缘跌落下来，时间很久了，比我已经度过的生命还要多许多年。而这么多年来我一直在向你跌落。

1995年的夏天，我到北京组稿时，去看望已经调到北京工作的原《延河》主编、也是我的老领导白描先生。那天，白描书桌上放着一本书，我顺手拿过来翻看，白描立即向我介绍说，这本书是正在风靡世界的畅销书，现在北京的白领阶层几乎人手一册。他又说，送给你去看吧。

那些天，我在北京这个大而无当的城市里奔波，一天里很难同时与两个以上作家相遇，晚上，我开始阅读这个像豹子一样敏捷、自然、本色、强有力的男人罗伯特·金凯与一个被岁月遗忘久了的农夫之妻弗朗西丝卡，在偶然中邂逅就双双燃起了情爱之火的故事。

在他们那看似惊心动魄的四天里所有发生的爱情细节，以致到四天后：

>　　牛仔已经穿扎停当，准备上马了。"我该走了。"
>　　她点点头，开始哭起来。她看见他眼中有泪，但是他一直保持着他特有的微笑。

老实说，我并没有被他们的故事打动。这个各自继续自己生活的结局，是他们该有的选择。我想，他们不过是因为只有短短的四天，四天里确实足以产生缠绵悱恻的爱情，但是却不足以有力量使他们就此停下脚步，完成今后可能四十年在一起的平常琐碎的家庭生活。

我在北京也只停留了四天。带着正在阅读的《廊桥遗梦》，搭乘上去哈尔滨的航班。去机场接机的是《北方文学》的一个副主编，他安排我住在编辑部旁边的一个招待所里。

记忆里，《北方文学》编辑部是在一座很有些历史感的老式楼房里，从我住的招待所房间推开窗户，好像就能看到编辑部所在的院落。第二天天刚蒙蒙亮，破旧招待所的木制窗户上，滴答滴答响起的雨声唤醒了我。因为事先那个副主编告诉我，今天他将联系几位作家来见我，让我在房间等待。索性我早早起床，收拾停当，又无所事事。看着窗外雨雾中缺少朝气的那个院落，一种潮湿的感伤涌上心头。

千里迢迢，因了文学，我来到这个虽然是我的籍贯所在地，却是完全陌生的土地上，孤寂一人地行走。而我所从事的文学工作，意义究竟何在？当有朋友得知，如今就连最权威的文学期刊发行量也极其小众，惊诧之余，他认真地对我说，你从事的是毫无意义的工作。

《廊桥遗梦》里那位"最后的牛仔"终于明白了：

> 他走过的所有荒野沙滩上所有那些细小的脚印，那些从未起锚的船上装的神秘的货箱，那些躲在帘幕后面看着他在昏暗的城市曲折的街道上行走的一张张脸——所有的这一切的意义他终于都明白了。像一个老猎人远行归来，看到家中的篝火之光，所有的孤寂之感一下了融解了。

而我却始终找不到那团温暖的篝火,迷惘而孤寂。

许是哈尔滨这座古典复兴主义风格的城市,加上这场淅淅沥沥小雨渲染,刚好契合《廊桥遗梦》书中的气氛,再拿起《廊桥遗梦》阅读,竟有了别样的心境。我安静下来,渐渐的,我随着他们彼此思念的绵长而开始相信:

> 我只有一件事要说,就这一件事,我以后再不会对任何人说,我要你记住:在一个充满混沌不清的宇宙中,这样明确的爱只会出现一次,不论你活几生几世,以后再也不会再现。

当看到爵士乐队的一位高音萨克斯管吹奏手将他们的故事谱成曲子:我把那号吹出从来没有过的声音,我让它为他们分离的那些年月,为他们相隔的那千万里路而哭泣。在第一小节有一句立调,好像是在呼她的名字:"弗朗……西丝……卡。"

那一刻,萨克斯管那抒情而忧伤的曲调仿佛就响在耳畔,我在乐曲声中竟然已泪流成行了。若不是房间响起了敲门声,真不晓得我会哭到何时。进到房间的是两个女性,一个是编辑部主任,另一个是女作家迟子建。她们俩见到哭成泪人的我,一时不知该如何是好,我也很尴尬,马上解释原因。但谁能相信,我会因为阅读一本书而伤感成如此模样?

从哈尔滨回来后不久,有一天,作家方英文来编辑部,闲聊中我将在阅读《廊桥遗梦》时我的"失态"讲给他。方英文说,那他要借了这书读读。待《廊桥遗梦》再回到我手中时,方英文在书的扉页上贴了一张剪报,是关于已拍成电影的这部书作者的写作介绍。

  搬离塔楼后,我的很多书都不得不留在了那座房子里,《廊桥遗梦》就在其中。我现在只能在怀念中去阅读它们了。

# 拈花一笑

丁兆梅

"你可真是不疯魔,不成活。"《霸王别姬》中,段小楼两次对程蝶衣如是说。看到这句,熟悉仲跻和的人,会一下子引发联想,不由自主地跟着感慨:他这个人呐,也是不折腾,不成活。

## 惠济居士

端午刚过,六月未至。

清晨四点三十,天尚未亮透。惠济居士(仲跻和法号)布衣布鞋,自家中出发往怡心园而去。观音堂内,弟弟和其他三位参拜者已经到了。檀香不急不缓地燃着,观音菩萨在袅袅轻烟中凝然静坐,低眉含笑。

礼佛早课开始,诵《心经》。诵经完毕,长拜。

五个人站成一排，双手合十，面向拜毡虔诚地双膝下跪，身体前倾，两掌分开贴向地面，完全匍匐在拜毡上，做到标准意义上的五体投地。之后双手再度合十，在额前行一个彻底的皈敬礼拜后，撑地起立。

这是一个完整的长拜。佛家认为可以助人迅速从轮回苦海中解脱出来。几位信徒相约观音堂，一次一次地拜下去，通常不少于六十个。逢菩萨生日或其他佛家重要日子，拜上一百〇八个，甚至一百二十个的情况，皆有。

阿弥陀佛。众生皆苦，不妨苦中作乐。

拜完，每人皆大汗淋漓，却也是精神抖擞。

彼时的海安，适逢梅雨季节，空气湿润清凉。怡心园内，桃子挂满了枝头，各样花们肆意生长：小荷顶着尖尖花苞，娇憨玉立；薰衣草成片铺着，清爽悦目；虞美人摇曳多姿，生机勃发……其他各种知名不知名的小野花，因了和风细雨的照拂，在路边和地头各自绽放。

夜里刚下过雨，露珠们或大或小，散落附着在叶片和花瓣间，盈盈欲滴，晶莹剔透，惹人欢喜。惠济居士欣欣然聚焦拍照，之后选出养眼养心的，发到微信朋友圈。心若欢喜，世间万物皆可喜。此番分享美景，自利利人，也是现世修炼。

再过几十天就是孝亲月，亦称感恩月，是祭祖祈福、普度布施的好时机。母亲七周年忌日也在那时候。我佛慈悲，不如做一个水陆法会，超度六道中受苦众生，使之离苦得乐，同证佛道。

与佛结缘，大抵是天意。十年前建农庄，有人建议仲跻和在园中堆假山，他无可无不可地应了。后来几个朋友在园中漫步，其中一位驻足凝神，指着假山说："各位，各位，请看，山顶上坐着什么？"

几个人闻言往东北方向细看——一尊合掌胸前的观音石像稳稳坐在假山之巅，面朝东南，轮廓柔和。问作业的工人，答曰：就这么顺势而堆，并未特意造型。若非今日点化，之前谁也没看出这石头跟观音菩萨如此形似。

观音菩萨，不请自来。岂有不迎之理？顺势随缘，他在农庄内盖了观音堂，山门上刻着"妙因天成"。母亲彼时尚在人世，只是身体每况愈下。

这之前并无居士之称，"仲跻和"才是他的注册商标。

小时候的仲跻和，多灾多病多磨难。母亲护儿心切，为他算命，一老先生批曰：此孩童前世是一只寺院的猪。母亲给他取了小名"槽儿"，即猪吃食的容器，同时敬香发愿，只要佑她孩儿平安，将来她的槽儿会回归寺院修行。

菩萨开光时，仲跻和依礼皈依了佛祖，为母亲祈福还愿，《楞严经》《大悲咒》和《心经》等依次学着念。一年后受戒，法号惠济居士。

此后每天坚持早课礼佛，三餐茹素，择期举办水陆法会。

居士法号，雅致高洁，不落尘埃，如东坡居士、香山居士，听起来诗情画意。与他们只取其雅而未按其规行事不同，仲跻和受了戒，便做了真正的居士。

六点前是惠济居士。他身披"海青"，口诵佛经，上香叩拜，施施然佛门信徒。

六点半他驾车出发，七点前到达集团公司。厂区、车间巡视一遍，至办公室打开笔记本，变身董事长。邮件，报表，各种各样的文案，逐一审批过去，无痕切换到诸如安全生产、高层约谈、企业并购、未来规划、本周安排等事务。

白天是忙碌的现代职场人。忙累了，看会儿书，打打坐，或者提笔写点什么。有时候还会上网搜搜，看自己到底是谁。鼠标一点，唰唰唰出来好多条目。写他的和他写的文章，一屏又一屏。各式评价也不少，同学们呼他商界妖人，朋友们羡他能文能武，下属们说他是个怪物。貌似挺热闹的。

他莞尔一笑。怪物的兼容潜力到底有多大，不折腾折腾，咋知道呢？如今实践出真知，自己沉浸其中七八年，游刃有余，自在得很。

倒是家人、朋友和同事，当初有很长一段时间不能适应他的"新常态"。

莫名惊诧者很多：明明已经奋斗到了食物链的顶端，天下美味，任君取之，他突然就改吃素了。口腹之欲，戒之不易，何苦来哉？

几十年如一日的雷打不动，七点到公司上班，已经是劳模范儿，现在居然四点多就起床礼佛。无人虐他，偏要自虐。不是折腾是什么？

先大多数国人一步，实现财务自由二十年，大方的时候一掷万金，抠起门来，袜子都要补上几次，破得没法再穿了才扔。啧啧啧，挣那么多钱，有啥用？

你看你看，他又开始辟谷了，一连七天，除了水，啥都不吃，还微信直播，听任大家监督。这是要修仙得道的节奏么？

有跟他一样心直口快的，当面表示各种不解。他并不意外：一切皆命，随缘而行就好。修佛，慈善，笔会，商圈，一起玩的，有一个契合点，就行。平日，你是你，我是我，你看我是怪物，我看你也是异类，怪物们还能相处甚欢，挺好了。

皈依后，除了南怀瑾和星云大师等人，他还一度对李叔同感兴趣，将不同版本的传记找来读。李三十八岁时抛妻弃子，到虎跑定慧寺做了彻底的僧人。妻子雪子是日本籍，为追随他而漂洋过海来到中国，没想到几年后，不曾死别，倒先生离。

好容易争取到最后一见，雪子痛哭失声，唤："叔同——"

弘一不看前方，只是单手作礼："请叫我弘一。"

雪子强忍悲伤："弘一法师，请你告诉我，爱是什么？"

弘一依旧双目微垂，轻声敛气："爱，就是慈悲。"

看到这里，仲跻和忍不住念一声"阿弥陀佛"。亲近佛门，是为修炼成更好的自己，男人的责任不能丢。红尘和佛门，都是活生生的人在修行，在世间，亲人就是舍不下的牵挂和陪伴，让他们痛彻心扉，断然不可。

他眨眨眼，告诉妻子女儿，比起李叔同，自己可一点也不另类。她们总担心他就此沉迷佛学，不问俗事。他说不会，肯定不会。

他一向说到做到。事实上他一直在忙着折腾企业转型，她们放心了。于是向佛与凡俗生活彼此交融，互为补充，并无任何违和之处。

## 海迅掌门

上文说了，惠济居士并非纯佛门弟子，他的主战场是海迅实业。20世纪80年代以生产皮鞋底和橡胶产品为主，不服输的他将小厂子扭亏为盈。担心产品跟不上时代，随时会遭到淘汰，又领着业务员们到处跑市场找机会，挤上了电梯配件生产的供应链。过几年又逮着涉足铁路器材的机会。香港回归时，善于接受新事物的他，推行股权流转，带了十年的海迅，成为真正的民营企业。

企业姓仲了，少了若干紧箍咒。爱折腾的仲跻和，躲闪腾挪的空间豁然宽广起来，海迅孩童也正好到了发育期，噌噌噌一路猛长。隔几年，又建成了新型纳米材料生产基地。三驾马车，嘚嘚唡,一路欢跑。当然,创业不是喝咖啡聊大天,过程不可能这么轻描淡写,各种曲折各种坎,仲跻和一一挺过来了。成功人士,人前显贵,背后受罪,压力依旧在,甚至更大,只是不安于现状的天性,未变。不折腾,不成活。仲跻和瞪着大眼睛,告诫他的高层和中层团队。变是不变的真理,必须主动出击,才不至于温水煮青蛙般坐以待毙。

差不多的话语,海尔总裁张瑞敏也说过——不折腾,企业就不会成功。老大所见略同。船行水中,从来风大浪急暗礁多,不可拍脑袋瞎折腾,得讲究顺势随缘。

缘在哪里,势又往何方?念生意经,难度系数远大于念佛经。每跨出一步,都是在押注,赌眼光和资源。谁又有慧眼,能够看个清清楚楚明明白白?边走边看边琢磨到2010年,仲跻和启动了新一轮折腾。

他要向金融业进军。小额贷款和创业投资,有宝可挖。至于经营,自己不够专业,也忙不过来,必须请职业经理人。他瞄上了时任海安农行某分理处主任的钱秀明,那是个人才,挖过来,以钱生钱,可助海迅成就新事业。

主意既定,他三天两头跑钱秀明家,论形势,说规划,谈事业,许待遇。折腾得钱秀明无法淡定。钱秀明久在信贷沙场,习惯稳扎稳打,与仲跻和有过多次合作。反复权衡之后,他得出结论:最坏情况,无非是少些收入;而好处,则是事业实现质的飞跃。再退一万步讲,资金是老板的,他不怕,自己怕个啥?成交。

和信科贷在2011年应运而生。人用对了,其他就错不了,仲跻和负责当甩手掌柜,实际运营,除了三百万以上须报备,其他全权由钱秀明处理。钱秀明果然是一把好手,2015年秋,和信科贷在新三板挂牌上市。

仲跻和不懂金融，却做成了银行的事。猪找准风口，又上天飞了一把。点赞者众，他自己也开心了一把。

老祖宗曾留下训诫：生意，一般做熟不做生。肯定有道理。只是一路闯荡的事实证明，老祖宗的话和老婆的话一样，有时要听，有时听不得。批判吸收，大胆假设，小心实施，仲跻和又将关注点转向了生态能源。

对他而言，这个领域，也是很不熟悉的。

生态能源，名字高大上，项目却实在，就是利用农林业废弃物焚烧发电，棉花秆、枝丫材、稻草秆之类，均属原材料。废物不利用，就是污染物，一旦用起来，可以缓解燃"煤"之急，国家因此将之列为扶持行业。环保，经济，节能，低碳，加上高科技因素，特别符合未来发展的态势。

抛来橄榄枝的，是理昂新能源的郭振军。

郭总刚过五十，闯荡江湖多年，依然雄心勃勃。他的目标是成为中国生态能源的领先者，让广大农民受益，为子孙后代造福。

但是，毕竟属新行业，潜在风险并不小。生物发电技术还未完全成熟，发电机需要常常停下来清理，秸秆等成本难以控制，已经有很多国企在做，短期内经济效益不佳。相形之下，民营企业谈不上任何优势。理昂生物质电厂投产四五年，因资金周转不灵等因素，2013年开始陷入困境。

硬汉郭总，想到了仲董。当年仲跻和去北京开创市场，攒到的第一桶金，有郭总的功劳。之后各自忙于事业，多年友谊未变，彼此惺惺相惜，很多见解是共通的。如今郭总发出SOS信号，仲跻和不可能视而不见。他应邀去了湖南澧县考察电厂，与郭总细细探讨了生物质发电行业的各种信息，对它的前景比较认同。

感情归感情，接下来的决策得慎重：砸钱，还是不砸钱？

这是个问题。不砸,机不可失,时不我待;砸了,开弓没有回头箭。并且,一砸就是大手笔,没有一个亿,成不了啥气候。

掌舵的,需要好好征求副手们的意见。仲跻和回海迅召开董事会。第一轮表决,九个人,四人同意,四人反对,一人中立。反对方理由充分——重资产运营,投入过多,跟和信科贷没有可比性,不宜冒险。

当时亦请南通创投公司的专业人员全程参与了考察与决断。反对。仲跻和不甘,找在政府工作的同学朋友商量,他们见识也多。结果几位大佬一致表示不赞同——经济形势不好,稳妥才是王道。你有钱,但别任性。

投资,除了投项目,人也是关键因素。多年朋友,郭总博士出身,可靠踏实,一旦投资,具体经营,无须操心。他看准了项目,也认定了郭总,无论如何舍不得放手。理昂虽然目前略有亏损,但先进的生产技术、科学的管理理念和高度的社会责任感,统统不缺。只要助其渡过眼前难关,让理昂真正建立起低碳循环的经济体系,就会走上多赢的快车道。

仲跻和决定迎难而上。赚钱是一个方面,攒功德,是更重要的动力。减少污染,走绿色环保的可持续发展道路,不正是企业家的社会责任吗?他又回去跟家人商量。妻子认同,两个女儿留学多年,思想解放,她们对新能源表示了满满的欢迎。

这下,他底气足了,一个一个约见董事会成员,论形势,摆事实,让他们明白:理昂新能源本身具有核心竞争力,投资其实物有所值。只要加强管理,精打细算,成本可以压缩掉百分之四十,利润也就随之涨上去。如今有资金,有人才,有技术,有基地,万事俱备,却眼睁睁让到手的机会跑掉,实在说不过去。

原本反对的三位董事被刷新了观点。还有一位,仲跻和故意没做工作，就让那张反对票搁着。求大同存小异，留点时空，让数据和事实说话，岂不是更有意味？

2014年，海迅参股理昂，成了最大股东。资金到位，电厂运转便逐步到位。年底，理昂这个胖儿子开始往回挣钱了。仲跻和得意而不敢忘形：折腾了大半年，值了！

其实中国是农业大国，诸如利用农林废弃物发电这样的好项目会有很多，只是一般人发现不了。有心人却能借势成就事业。仲跻和索性继续折腾，继理昂之后，又将关注点移向了新农机项目。鸡蛋分散放到篮子里，会降低风险，多元化发展，让海迅这个"家"枝繁叶茂，人丁兴旺。

海迅的核心精神是"家"。弹指一挥，"家"已经三十岁了。在海安，一个人的三十岁尤其重要，生日是一定要做的。仲跻和请来李光斗品牌工作室，将集团的标志和形象重新定位，并举办工匠精神与供给侧改革高峰论坛。

如何齐家？几度涅槃后，他大致判断出了风在哪个方向吹，也明了今后该往哪里走——以金融为平台，整合农业产业链，提供有效供给的战略，以合作分享和德根深植为抓手，开启又一个三十年新征程。

理想是一直都在的，且顺着形势不断升级调整。对仲跻和而言，一个一个实现它们的过程，惬意无比。

## 拈花一笑

审完专题片，敲定好论坛流程，辟谷七天后的惠济居士仲跻和，回到办公室，提笔写三十年庆典的发言材料。写作带了命题性质，倒需斟酌沉吟，不似往日般信笔由缰，任意挥洒。

之前任意一个周六周日，他泡在办公室，喝喝茶，上上网，会会客，顺便提笔写一篇文章，通常不低于两千字。全部手写，龙飞凤舞，一气呵成。秘书录入电脑后，再上传到博客。博客开放十年，当时起名"老庄叔"，如今更为本名，有人看，写，没人看，照写。滚雪球般到如今，原创文章将近一千篇，粉丝近一万，访问量接近六十万。动静不算特别大，但对于业余玩票的他而言，也不算小。

写作，是他重要的休闲方式，无可替代。退伍回乡种田，进厂，经商，没日没夜忙了几年，稍有空闲，就又拿起笔，写点什么，《海迅》期刊面世二十多年，他习惯了每期必写。其他报刊也发点小散文。文章变成铅字，总是快乐的，比挣钱还有趣，积累多了，朋友建议收集整理做成书。《梦已飞扬》出版于2003年，由此得"儒商"称号。

儿时的梦，真的得以飞扬，让他备感痛快。这梦说来话长。村小五年级的学生仲跻和，稀里糊涂参加了县里的作文比赛，居然得了一等奖。这相当于鸡窝里飞出了金凤凰。一时间被夸奖被羡慕被肯定，文学的小火种就此埋下，"闷骚"了好多年，一有机会就熊熊的。2006年再出一本《男儿情怀》，觉得自己在爱思考的同时瞎扯淡。过两年又出《职场答案——重要的是思想》，不太当回事，团队策划操刀而已。

索性率性而写。开心时要写，不开心时也要写。一开始只是写心思，借助话题说说看法，浇浇心中的块垒。后来写见识，见得多了，眼光犀利，观点超前，憋着闷着，不写不快，反正闲着也是闲着。2009年，《拈花一笑》出版，依旧是真性情，真见识，真生活，彼时尚未皈依佛祖，硬汉气息愈加明显。2015年出《随风起舞》一书，近四百页，纸张厚了，积淀厚了，思想厚了，各位"大虾"们，写的评论也厚了。

有空，还是写。对他而言，写作，让他独处时格外怡然自乐。他自认为能有今日种种，写作也是功不可没的。除了厘清思路，还能排忧解闷，又能结交高人。写写写，已经成了生活的一部分，不写，便不自在。

还有，写作将那些苦闷的、无助的、孤独的、迷惘的过往串联起来了，如今统统可以拿来笑谈。尤其是自己的部队生活，没有写作，也就少了精气神。

处女小说《南疆之行》是从对越反击战的前线回来后写的，一心想着要添枝加叶。面对着厚厚的手稿，油然生起小狗对着大骨头的无能感——怎么下手呢？不了了之。

不过他并不气馁。心直口快的年轻人，让他不说不写，难于上青天。《中国青年报》在1980年开始大讨论《为什么人生的路越走越窄》，他积极写信参与讨论，学雷锋，树正气，斗邪恶，必须的！

再过一个月，话题变成：一方残疾了，另一方该不该主动回绝另一方，以免拖累人家？从未真正恋爱过的仲跻和，人生导师似的写了篇议论文，认为残废了，不可拖累对方，应双方协商，保留友谊。

当时的笔名叫解子，即解放军的一分子。和大多数一分子的待遇一样，稿件泥牛入海。不过他并不气馁，又针对干部中存在的不正之风，构思了一篇《午睡》的小说，提纲反复修改，奈何细节不够，只好搁着了。同时还写了篇《出征前夕》，改了又改，抄写了几遍，只觉得语句不甚可爱，字写得也难看。总而言之，越看越不顺眼。文似看山不喜平，自己的文章直来直去，跟人一样的，本性难改也。

1982年是住院大年,有十一个月在医院度过。好在能找到书读,《青春之歌》《烈火金刚》《三个火枪手》,每本书都是朋友,陪他度过百无聊赖之日。张海迪《生命的追问》和《轮椅上的梦》两本书,对深陷疾病之苦的农家子弟而言,不啻雪中之炭。吸收了正能量,看到好人好事,就会动笔写稿,被选了贴到医院宣传栏。那些表扬过的护士,给他打针时,动作明显温柔了许多。

这段经历,部队情怀和文字情结比翼双飞,陪着仲跻和度过了人生最迷茫无助的青年期。当时看是事故,是挫折,现在回头寻思,成了故事,是财富。

自古以来,玩物丧志,玩文字却益智。他喜欢写作几十年,沉醉不问归路。跨界的人,手头资源多,也喜欢带着一帮文友们玩,提供资金和场地,策划活动与平台,将文学折腾出了不少花样和趣味。十年中,他先后加入了江苏省作协和中国散文学会,并自得其乐地当起"海安县作协副主席""南通市作协副主席""江苏省散文学会副秘书长"。头衔是虚的,促进文学繁荣、支持各种活动才是实的。

自己到底有多大潜力,仲跻和不知道。所以要折腾,折腾自个儿,也顺带折腾愿意被折腾的人。胡适有句话:怕什么真理无穷,进一寸有进一寸的欢喜。这句话,对他而言,说到心坎里去了。他就这样一路兴致勃勃,往立功立言立德的方向折腾,玩文学,当居士,忙企业,做慈善,一切都是顺势而为、自愿选择的结果,不遗憾,不后悔,不抱怨。

作为一个男人,还有比这更结实更好玩的活法吗?

# 伟大的画坛巨匠
## ——张泾人董欣宾

高维洲

董欣宾先生的一生,是伟大的一生,坎坷而孤寂的一生,是激愤而圭臬的一生。他留下了什么?给后世的中国画带来什么样的文化成果?是每一个记住他名字的同路人应认真思考的重大课题。

在他生命定格在六十三岁的时候,他说:"我画出了一个新世界,五十年内将无人能超越我的艺术,个人成就只有登上了民族文化的巅峰,才能对民族做出杰出的贡献,个人的名字亦将与民族的历史长存。"他画出了什么样的新世界?为何能与民族的历史长存?

## 董欣宾绘画思想的形成

笔者是搞飞行及航空管理研究而又与文学艺术结缘的,在20世纪70年代末80年代初与江苏巨擘顾尔镡先生交往情深,而后又结识高晓声先生。

董欣宾先生与二老也是忘年交,并留下许多佳话。相识二老稍后的90年代初,我认识了董欣宾并拜他为师,从此开始研究他的绘画理论与技法,走了一条继承探寻之路。

"伤痕文学"代表人物是四川作家刘心武的《班主任》及卢新华的短篇小说《伤痕》。它主要描述了知识分子、受迫害官员及城乡普通民众悲剧性的遭遇。

这种思潮在江苏文坛也是风生水起,佳作屡现。代表人物顾尔镡、高晓声、陆文夫等。尤其是顾尔镡在1979~1980年任《雨花》总编的日子里。江苏文坛跳耀出一颗颗灿烂的明星。一篇篇佳作,一个个亮点从《雨花》中闪出。如高晓声的《李顺大造屋》,陆文夫的《小贩世家》,叶至善的《梦魇》,顾尔镡的《归宿》,石言的《漆黑的羽毛》等等。读来使人炙热,令人亢奋。

不同于伤痕文学的是,江苏在提出伤痕的同时,更多揭示了产生悲剧的原因,以及根治的方法。

高晓声的《李顺大造屋》。李顺大立愿以"三年薄粥,买一头黄牛的精神",造三间屋,终于在1957年底,买到了能够造三间屋的砖瓦材料,但他万没有想到的是,1958年全部归公。1962~1965年,李顺大攒够了217元,是他预算的造屋费用,却被一个腰插手枪、手举"红宝书"的人,全部抢去。直到1977年,李顺大才圆了造屋梦。

高晓声描写的农村生活,从普通农民的生活中发现并揭示具有重大意义的社会问题,探索我国农民坎坷曲折的命运与心路历程。一切都要思考与求变。

1980年12月顾尔镡在江苏青年作家座谈会上,做了题为《也谈突破》的讲话。他的讲话被刊登在《雨花》1980第12期上。一时间，这篇讲话轰动了中国文坛。

## 从元气论寻根，正本清源

董欣宾先生是在江苏文坛这种思变、求变的大环境之中，在中国画、传统与现代、中西文化对比上提出了理论创新与画法创造的。

在中国的近现代史中，政府的腐败造成了国家的贫弱衰废，文化的凋敝造成了中国的落后。对文化的不自信，成为思想主流。

在中西文化的强烈冲撞中，对比参照的正常文化交流严重失衡，中国的知识分子对中国绘画大多持否定心态。他们认为中国画远不及西方写实，文人画是封建、腐败与颓废的。康有为、陈独秀、鲁迅、徐悲鸿都加入其中。

五四前后，有识之士纷纷到西方寻求真理，带回了西方洋学。以徐悲鸿为主要代表。他的《新七法》是对南朝谢赫《六法》的全盘否定。《新七法》只不过是西方素描程序的描述罢了。在这里，主体意思和情感的观点被抛去了，中国画无限的类相复合变成了有限的表象写实。他的观点，被他的弟子们进行了无限承接与放大，一直延续到今天。《新七法》的出现，是对谢氏《六法》的强大冲击，带来了灾难性的后果。

董欣宾先生的《中国绘画六法生态论》出现之前，1959年刘纲纪教授就有了对《六法初步研究》。在中国画危难之际，刘教授的贡献是显而易见的，他对中国画的贡献，在此后的数十年中有着重要的意义。

董欣宾先生的《中国绘画六法生态论》董氏序列，是对南朝谢氏《六法》序列的重大继承与发展。他以博厚的学识及充满创造力的实践，准确体悟，把握艺术哲学的认识论，渗透"六法"的内在结构，认为"六法"的传统序列，是建立在元气论哲学的自然生发。他对"六法"的每一法进行了反复的研究和探讨。他跨过历史的局限，通过质的解析，分别将"六法"归结为现代艺术创造的认识论、方法论、画法论、创作论和鉴赏论。

他对"六法"原序列进行了重新编排，从朴素的元气论辩证唯象认识史观，进到现代艺术哲学认识论的高度。尤其是"六法"的现生态和"六法"的来生态，给后人留下了一笔宝贵的遗产，给后学者以教科书般的教导。

谢氏"六法"中的气韵生动，历朝大家认为气韵只可生之。宋代郭若虚认为气韵生知，明代董其昌也认为气韵不可学。张庚在《浦山论画》中讲，"气韵有发于墨者，有发于笔者"。近代黄宾虹老先生则认为，"气关笔力，韵关墨彩"。

董欣宾先生认为："如果说辩证形象思维模式是中国文化体态中奔流的血液，而哲学思辨的元气论是这思维模式产生的物质基础和运行的动力机制。"

这种元气论是从古典哲学《周易》中产生的。他指出：

> 《易象》乃从实践中产生，即由仰观俯察，远取近求、体悟万物之形质，及其相互联系而后得之。《易象》不是物象的简单复现，而是融进了主体意识之后的意象，或叫主客体，即主体化了的客体。所谓近取诸身，身即自身，亦即主体的思想情感和灵性的透悟。《易象》不是大自然中某一具体形象的单个复现，而是无数单独形象的复合，即"类相"而不是"自相"。亦即通过仰观俯察、远取近求而获得的综合性形象。它表现为即是图像、又是符

号,即是哲理、又是数理,即是自然客体之摹写、又是主体精神之传移的一种特殊的形式。立象的目的是"尽意",即表达人的思想观念。

董欣宾先生从《易象》的表征特性的内涵出发,认识外延的中国绘画本质,是十分伟大的。这对于我们认识东西方绘画"异",提供了理论依据。

到20世纪20年代,西方才提出"概念"性绘画,即"写意",他们整整晚了上千年。表现最为突出的是西方"印象派"和"后印象派"画家。

董欣宾先生对《周易》的认识与研究是全方位的,在《中国绘画对偶范畴论》中进行了全面深度的论述。

董欣宾短暂一生的涉猎是多方位的,由于他学过中医,他将人视作一个小宇宙,天、地、人在人体中得到全面呈现。以"人中"为界,上至六穴,纳声、吸气、观色,下至二孔,吸鲜、排废,五脏通五行,纳五色。相生相克,生生不息,变化万千。

肾是先天之本,主水生黑而归阴,这一认知与先秦主水灭周火而得黔首的"天道合一"不谋而合。

他与我相处的日子里,由于我习书法,研《周易》,我们大有知音恨晚之感。因此,谈及中华民族这本"天书"占了我们很大的空间。从原理到起卦推命,无尽之愉。以此,甚至同行的师母李一兰也恳劝,天机不能泄露。

至此而后,我们在川征地华阳湖心岛,筹建中国画学府,旨在匡扶中国画。当他踏上成都华阳湖心岛那一瞬,他就进入角色,大赞地气之甚,风水旺玄。他进行了办学宗旨的传道构建,以释、道、儒为基点,第一通道是进释堂再进入道坊,入得两门再入儒学画院。这一伟大的架构，郑奇兄参与其中，与我来往书信，电话无数。天忌两位英才，不佑吾辈，学院未成，留下深深的遗憾！

## 超越历史，创造历史

在近几十年中，人们对董欣宾贬褒不一。有人说他是"新文人画"奠基人，领袖；有人说他拿《周易》说画是故弄玄学；有人说他不会画大山水，只在复述几棵松而已，更有人说，中国画十八描早已出现，他的线也是复述前人的东西。

用文人来定义画，再加一新的双重定义是不成立的。中国画在创造时传统是不存在的，只有创造成立时传统即时产生。同理文人画也无新旧，新与旧都是一个时空段上的创造序列。董欣宾先生的画既不是宋元人画的空间序列的陈述，也不是明清文人画的图解。

他的画是主动交流型的，他对传统的精神贯穿始终，站在古今、中外的十字架上，对高质的传统进行了拓展性的继承与延伸，改变了旧文人画以梅、兰、竹、菊、松为载体的人格化书写的质，嫁接了西方色彩学的量，复合叠加出中国水墨性色彩特性，用高质的"拈断"嗽墨线性，取得自由独立的控制高度。他的《乐山大佛松寺》《曲松图》《泰山五大夫松》等就是这种线性质量的理性分析与学术追求的代表作。

这种高质量的线性追求，来自先生的笔法论的质变，是对中国笔用骨法的继承与创造，也是对黄宾虹老的平、留、圆、重、变画法及书法意义的补充与发展。其作品质量在"扬州八怪""海派四家"及近现代巨擘之上。

先生的《太湖夜泊望月西》《湖泊之黎明》，通过时空的转换，把握高调与低调，融入综合理性与感性的坚守，运笔作线，用水施墨，在高质高量中追求那萧瑟死寂的氛围，用黎明曙光召唤世界的生生死死、残缺复位的人生哲学。

他的树是有生命的，异同古人画法。古之法是方位性的，他的诗是时空段的。他把树复合成：生、长、老、残，揭示规律，更是对人生灵魂的揭示。

先生出生于无锡张泾，太湖的山山水水，泊渚草岸，杂树船舟，尽收眼底。他许多无题纸本系列画作，既具象又抽象，既是客体更是主体。用情之深，入理精微。比古往今来的表萧华彩的一个时空段的写实与描绘、涂染、点擦高明万般。

他的画绝无迥同之景，以当代材料学为依托，已不是传统意义上的浓、淡、干、湿、焦、泼、染、宿、积、破、涂、点擦。他的材料更丰富（我心知肚明）、更复合，尤其粉（特殊材料）、灰（老汤）的应用，时而惨淡悲鸿，时而厚重响亮，他变皴为线，变破为嗽，变薄为厚，变客象为主象，变单一而复叠。在笔墨水中表现出具象抽象、意抽象、境抽象的大千世界，这时的景已不是太湖之景了，也不是石涛"收尽奇峰打腹稿"的客体真实，而是理性与精神的释放！

有人说先生画是冷抽象、热处理，这里的"冷"即大量水灰调，这里的"热"是墨层的厚重水，这是先生对两千多年绘画文化历史的厚积，千虑一得。这里的"一得"，有老子的"得一"，也有石涛的"一画"。

先生的抽象画，既不同于赵无极中国会意性质的西画表述，也不同于当今泼抹形式的二维之内的光彩程式，更不同于毕加索依赖客体的变圆为方。他的画既有客体具象，仰观俯察，变单相而复合，变单相而复象，又有主体精神的再造。他说："气尚清乃父之承，用笔纵容舒祥乃母之善情育化。"这里"父"即天，这里的

"母"即地，天地生人，在天地人的碰撞中，气度雄浑，法则灵变，无定状之状，无定则之则，横空出入，在天动地运中求之。

传统是历史的定格，而创造是一定时间段的绘画属性，当我们重新审视这位极具创造力并具开拓性的画家时，我们的中国绘画史便从此翻出新的一页，让我们记住他——张泾人董欣宾。

# 房 间

许 静

夜色一点一点弥漫开来，寒气渐渐从脚底升起，早春二月的傍晚房间，还不够让人温暖舒适。我合起桌上的笔记本电脑，站起来环顾了一下这个待了一天的房间。白天正从这里无声逃逸，黑夜肆无忌惮地长驱直入，光影的转换让房间里的景物影影绰绰，我一时茫茫然如身居孤岛。拧亮一盏台灯，暖黄柔和的光晕时染开，我熟悉的气息漾起，这是我的房间。与世界上其他任何一个地方相比，这个地方和我是如此血肉相连，如果没有这样一个地方，我不知道我的灵魂将会栖息在哪里。

一

我住过那么多的房间，那一个个房间是我的一个个渡口，我不断地居留、离开，短暂地停顿，又起身出发。最早的属于我的房间是刚上初中时的房间，在老家二楼西面。小时候是个满地乱跑的疯丫头。上了初中人好像一下子长大了，开始渴望有一个自己的空间安放越来越疯长的朦胧的心思。记得那个房间非常大，像个空旷的仓库。几乎没有装饰和家具。一张单人床，床边是个大大的红色的方箱子，搁在两张方凳上。里面放衣服，箱面就是我的桌子。我在上面整齐地排好了自己的书，我的房间好像从没出现过女孩子特有的娃娃和花哨的装饰品。在以后经过的每个房间里，书总是其中的主角。它们在我的墙上、桌上、床上和地上以主人的姿态占据着一定的地盘。拥挤的书总是让我感到特有的温度，像许多个相似的灵魂陪着我，在很多寂寞的时候不再感到孤独。一部分的书跟着我辗转过许多房间，和我一样是我的房间的固定主人。因为房间实在是太大了，我花了点心思用零花钱买来花布，用布帘拉出一个适宜的空间，并且配上了同样的窗帘。我的小资产阶级情调就是在那个时候萌芽的，后来我每换一个房间就要尽力配上相宜的窗帘，我因此拥有过很多不同色彩不同花样不同面料的窗帘。其实我是个很懒的人，窗帘好像是我对房间最愿意花的一个心思。除此之外还有台灯，我在床边放了一盏发出暖黄光晕的小台灯，我喜欢暖色调的灯。我喜欢在黑夜里，自己的房间有一簇自己的温暖的灯火，照亮自己的路。我把我人生中第一个房间弄得像模像样了。在那个房间里，我偷偷地试穿过一件件让我少女的脸微微发红的内衣；在那个房间里，我翻开了第一本日记本，记下了第一篇日记，并一篇篇陆续记到了现在。在那个房间里，我一次次偷看过后面楼上邻居姐姐的男朋友。那个男孩是个卡车司机，每当他的卡车一停在她的楼下，我就一溜烟地冲到自己房间里，躲在窗帘后紧紧地盯着那个男孩微卷的头发，深深的双眼皮，还有他脸上一缕阳光般的微笑。在那个房间里，我做过无数个色彩瑰丽的梦，为成长路上小小的成功有过自以为是的喜悦和得意，也为青葱岁月淡淡的迷茫有过无可名状的忧伤和惆怅。在那个房间里，我无数次设想过未来，无数次设想过远方，无数次设想过离开。当时怎么也不能想到，一步踏出那个房间，我的人生就开始启程，我将永无可能再回我洁白如初夏月光般的青春。一个暮夏的细雨霏霏的早晨，我像一只急着要试飞的小鸟，迫不及待地离开了那个房间，离开了家乡，离开了那段色彩鲜明的时光。

## 二

我在一幢黑洞洞的砖木结构的三层老楼里开始了我的高中生涯，也开始了漫长的寄宿生活。我们的女生宿舍在二楼的北边，又是一个大大的房间，里面密密麻麻一排一排横着竖着摆了十几张双层铁丝床，住了近三十个女生。为了靠近窗户，我从下铺和别人换了最北面的一个上铺。床头是个小窗户。我在靠近窗户的床边挂了一条小小的窗帘。我喜欢上铺，干净，安静，光线充足，只是担心摔下来。确实有同学半夜从上面掉下来，弄伤了腿和其他的一些部位。我的衣服被子不止一次地凌空而落，掉入下铺同学偷懒没倒掉的满满一盆洗脚水里。那个时候身体茁壮成长，对生活毫无要求。不像现在对居住环境越来越挑剔，地板最好永远光滑锃亮，温度最好一直四季如春，房里要有好听的音乐，窗外要有好看的风景。那时候，每当晚自习结束后，穿过教学楼前长长的紫藤架，穿过路灯下操场边的一条坑坑洼洼的水泥路，我们像一群憨乎乎的小猪一样陆续回到那个拥挤的大房间。一下子人声鼎沸，热火朝天。说话声、洗漱声、铺床声，还有吃零食声一齐响起，直到大家全钻进了被窝，仍有几个女生会窃窃地夜谈，高年级的男生，教体育的男教师，语文老师的新发型，有时还会有流行的歌曲小声地哼出来。终于，熄灯的铃声响过，一切才逐渐地安静下来。整个房间一片黑暗，像黑夜里的海洋。我的床像漂浮的小船，托载着一点点饱满起来的青春，常常有点不堪重负，跌跌撞撞。过去我一直是个成绩优秀的好学生，那段时间退步得一塌糊涂。我没有早恋，只是对未来充满了焦急，我的前面有无数条未知的路，我那么急地想攀到自己设想好的高度，又怕走不过去，跌落到永无出头的深渊里。就这样患得患失，忧愁开始笼罩内心。我原本文理平衡，甚至理科更胜一些。从那时起作文飞速进步，理科一落千丈。那是最绝望的一段日子，一想起未来心里一片黑暗，甚至觉得自己不会再有未来了。然而晚上一回到那个嘈杂的大房间，我居然夜夜睡眠香甜。就在那个房间，愚人节的前一个夜晚，我为自己的人生做了一个重大的决定，从这所重点中学转到了一所艺术教育还有点特色的普通中学，拾起了我喜爱的画笔。许多年后，我常常回忆起那个几乎是惊心动魄的夜晚，我在那个房间难得的失眠，黑暗中我大睁着眼，忐忑不安又激动万分地为自己选了一条艰难的路。我就从这个房间开始下意识地握住了自己一片空白的青春，并把她缓缓地放入了无边无际的我自己选择的未来。

## 三

我后来再也没有住过那么大的房间。我的高中生涯在我离开那个嘈杂而生机勃勃的大房间后好像突然断裂了。我擅自转校的举动令我的父母震惊不已。他们甚至对我有了一种莫名的恐惧和手足无措的愤怒。我几乎成了问题少女，未来在包括我自己的所有人眼里黯淡无光。从不赞成我学画的父母开始把所有的希望押在我的画笔上。在那所普通中学颇费周折地挂了一个学籍后，我和几个学画的同学一起到一些美术院校进行专业训练。我的房间开始和我的生活一样呈现出一种动荡不安甚至漂泊的味道。我们借住过那些学院里寒暑假空余而拥挤的学生宿舍，也租住过一些校外的窄小简陋的民房，甚至住过同学亲戚家的阁楼。那时候真是年少，没有感到一点的苦和累，反而有一种振翅欲飞的自由和激动。我甚至有一种破釜沉舟、背水一战的激情时时在振奋着自己。我在那一个个随时会离开的房间里通宵达旦地画画、学习。这些房间牢牢地托举着我少年的梦，又轻轻地安抚着我幼兽般四处乱撞无处安放的灵魂。它们沉默不语，却是我最坚定不移的知己和战友。一起学画的同学来自全国各地，他们都有自己的故事和理想。我在这些房间里接触到五湖四海的气息，我仿佛一只青蛙从井底跳出，逐渐感觉到世界是那么大，人可以走那么远。我的未来突然变得那么清晰，我仿佛能够看到它就在远方安静地等着我。这一个个的房间就是我的一个个的支点，我将在这里一跃而起，纵身抓住梦想的手臂，到达我想要去的一个又一个越来越宽广遥远的地方。

## 四

就这样我一步一步迈开了自己的脚步，逐渐远离我最初的起点，走近我向往的宽广遥远的未来。我终于不负众望地住进了大学校园的女生宿舍。我的父母松了口气，对我的期望也到此为止，而我对自己的要求却才开始起步。我仿佛刚刚安静地坐下来，开始审视自己同样刚刚安静下来的生活。我的房间是一个六人宿舍，六个学美术的女孩把它布置得如同一件艺术品，窗户上挂着自己设计制作的扎染布窗帘，每人床位的墙面上都挂着自己画的画。房间有一个小巧的阳台,外面有一排高大的花树。常常有青春的男孩在树下等待着同样青春的女孩。有月亮的夏日晚上,年轻的大学生们会在阳台上高谈阔论,整个世界如同就握在他们年轻有力的手中。而我已经清晰地知道自己只会在这里作暂时的停留,终有一天我依然会离开。这个充满青春气息的房间始终与我处在一种若即若离的状态,我记得那个时候在日记本上写下的一首诗,诗的名字是《我沉在河流的底层》。确实,大学的那个房间于我如同一条安静的河流,而我是沉在河底的静默的细沙。短暂的大学时光就这样缓缓而又几乎是转瞬间就在我的身上流过。当我在一个夏日灿烂的阳光下离开这个房间的时候,我突然产生了一种对时光的怀疑和恐惧,难道我真的在这儿度过了我的大学时代吗?白花花的阳光照耀着宿舍窗外那一排高大的花树,树上正怒放着艳丽的花朵,像一簇簇燃烧的火焰,如同我们的青春。我突然感到一种最纯粹的色彩就要在我的生命里无可挽留地消逝了,莫名的忧伤一下抓住了我一直想走的心,我强烈地意识到下一季花开时,在这依然燃烧的火焰中,推窗而出的将是更年轻的少女的脸。

## 五

我裹着这种青春的莫名的忧伤来到了另一个城市。在这个城市里,我有了一张体面的办公桌,也陆续住过好几个房间。最有意思的是曾经还借住过一段时间一个老工厂的工人宿舍,一个充满机器的声响和机油的气息的房间。搬进去的第一天,我一反常态地没有想过以后一定会离开这里,反而有一种回家住下的亲切感。其实是我已经适应了住宿舍的感觉,在远离亲人的偌大的城市里,我非常需要一个让自己灵魂安定的栖身之地,夜夜机器的轰鸣充塞了我内心的沉默，让我每天清晨行走的步伐不至于太过踉跄。

然而当有一天，我终于开始步伐沉稳地行走在城市的大街小巷后，这个工人老大哥式粗犷的房间逐渐让我烦躁。夏日的酷暑和冬日的严寒令我备受煎熬。终于有一天，跟着我辗转过多个房间的一批书在一场水灾中面目全非，我几乎要崩溃了。我好像突然惊醒似的回顾了自己多年的寄宿生涯，那一个个房间里诸多的艰苦和忍耐。或许我骨子里就不是个能吃苦的人，当遮在生活表面的那层浪漫的面纱被不经意地揭落后，我内心一直沉睡着的对生活的诸多渴望还是无法阻挡地苏醒了。

我几乎是突然之间变得一分钟也不能忍受这个房间了。我的灵魂义无反顾地挣脱了我的房间，我的房间逐渐地和我的心进入了彼此排斥又不得不相互需要的境况。这种情况演变到后来，变成了就算我停留在某一个房间，我的心依然在行走，而我自己根本无法停下脚步。

## 六

那段时间我就像一只没有了脚的鸟，在自由的飞翔的快感中，突然发现自己累了，可是却无法停留，这让我心存恐惧，也对自由和飞翔产生了一种莫名的质疑。难道自由和飞翔就在这无休止的追逐和奔波中吗？或许奔走了千万里，远方的风景只在自己的心里。那为什么不停下来呢？

我在家人的帮助下，买了一所小房子，很快地搬离了那个工厂宿舍，终于实现了内心长期以来对自己房间的梦想。我有了一张书桌，也有了一面书橱，我的书全部登橱入架，本本扬眉吐气。我花了当时的自己的巨款，把一整面墙挂上了我喜爱的窗帘，使整个房间如同一个梦。我的台灯依然是暖色的，在深夜里和我的书一起陪伴我。这个房间成了我的双脚，让我安静而平稳地站在了这个城市的森林里。然而当冬日的夜晚，我穿过城市空旷的大街，来到自己的楼下，路灯寂寞地照着黑暗的夜空，我的房间在黑暗中泛着冷冷的光。城市的上空，缤纷灿烂的灯火如一件华丽的盛装包裹着这寒冷孤寂的城市，如同包裹着一个巨大而空洞的坟墓。我突然渴望在我那漆黑的房间里，有个人为我打开了那暖色调的灯火，让它温暖明亮地照耀着寒夜，好似明媚的春光。终于，一个春日的夜晚，空气中弥漫着芒草淡淡的清香，他来到了我的房间。这个房间成了我演出生活最好的舞台，他热烈的掌声让我在舞台上一直从容优雅，我终于落了翅膀，真正停留在他的怀抱，这个怀抱无法阻挡地成了我的又一个辽阔无边的房间。

## 七

生活永远在前进，后来我又开始拥有各种房间。不用说，很多房间越来越好。我甚至开始奢侈地拥有一个独立的画室。我在不同的房间里挂上自己不同的画，连餐厅也挂上了自己的画。我还曾经在阳台一角小茶座的一面小小的墙上，挂上一幅很诗意的画，一只白鹤站在高山顶上，在暗蓝却透明的夜色中迎着清丽的月光翩翩起舞的样子。我始终不渝地喜爱这幅画，当时我只用了不到两个小时就画完了这幅画，这是内心的一个永不褪色的梦。我倒是没有在卧室挂画，挂的是两幅大大的中国和世界的地图。地图上用粗黑的笔勾出了去过的地方，我想象着终有一天这两幅地图被这粗黑的线层层包围，那是何等的壮观和爽啊。我一反常态地在这个房子里几乎放弃了窗帘，因为一排排高大的花树就在窗外，它们永远不离不弃地站在我的面前，挺拔俊朗而威风凛凛，如同是我玉树临风又忠心耿耿的爱人。常常在阳光充足的早晨，树丛里小鸟的歌声好似小鸟一样飞进我的房间，把我唤醒，那温馨美妙的感觉一点不亚于我爱的那个人在我耳边深情地表达他的情意。现在我感觉我已把自己深深地植入了这个房间，根越扎越深，一天天枝繁叶茂。我似乎可以享受一种收获了，这种享受如甜蜜的网把我牢牢地粘住，又如同一个温暖舒适的洞穴让我一点点陷入。今天我再一次细细地打量这个我已经熟悉得如同我自己的房间。我是那么深爱它，可我又隐隐地开始怕它。也许我现在已不是一只没有脚的小鸟，我变成了一只候鸟。冬天过去了，我又要向远方飞了。我总是渴望向更高更远的地方飞去，我发现即使现在的房间如黄金般灿烂而珍贵，可要是把它挂在我展开的翅膀下，同样会使我觉得无比沉重而最终坠落到尘埃中。

## 八

　　此刻，春天就要来临。万物复苏，百草还芽，大地从沉醉的冬眠中醒来，生命在温暖的融化中萌动。一切是那么欣欣向荣，我微笑地剥落下渐渐裹在身上的一冬厚厚的壳，梳好羽毛就要起航。但我分分秒秒都不会忘了这个和它窗外的树一样，不离不弃永远守候我的房间，无论我飞到哪里，这里始终是和我血肉相连的唯一的家。终于有一个房间成为我真正的家，虽然我不能把它挂在翅膀下，但我要永远把它装在心房里。如果有一天我想要停下，当然也只会停在这个房间这个家！

# 灯　影

陈　开

喜爱民国风，是源于母亲的一件新式旗袍。

新式旗袍并不新，听说还是20世纪30年代祖传下来的。记得童年时，母亲曾穿过几次。那些青花瓷色的纹饰，静静地睡在她的身上，像是冰冻的雪莲，不是很光滑，却别有一番韵致。母亲很苗条，细细的腰身烘托出她优雅的曲线，不刻意，不张扬，颇像当年的张爱玲。

那时的梦中，常常看见母亲穿越回民国，带着她淡淡的香气，行走在南京夜市的灯影里……

暑假，到南京博物馆参观。离开前，我踏入了最后一个展区——民国馆。

画风骤变。头顶明亮的天花板，模糊成浓墨重彩的夜，零零的星子，像浮在咖啡里的白糖，缓缓地泻到青石板街道上，空气中弥漫着这种微苦的醇香。路两旁，是一座座灰白色的小洋楼，都是用岩石砌成的，风情万种的路灯，配上霓虹的光，打在墙壁上，依稀可见密密的纹理。巴特农神庙式的白色柱子撑起并不高大的房梁，这是属于那个年代的高度，讲究宏伟的南京，那时也学会了欧美的小资情调。房屋间，挂着传统的中国红灯笼，纸糊的灯面上，好像还用毛笔写着字，烛火摇摇里见不真切。路上不时传来老爷车的汽笛，有些刺耳，但混着店里隐约的歌声、琵琶声，倒是柔和了点。行人像绵长的南京云锦，若是每个女人都穿上旗袍，男人都穿上中山装，我一定会以为自己穿越了时空。

  我站在路口，迟迟不敢踏入街道。身上现代化的校服，一定会大煞风景。蓦然感觉，自己像《百年孤独》里的那群吉普赛人，莽莽撞撞地闯入了与自身文明格格不入的地方。我惊叹于这段时光，这段时光惊叹于我的异样。

  灯影里，梦中的母亲又款款走来，那个充满香气的女子。

  关于中国的近代史，我了解得最多的是中华民族屈辱的一页，而南京，我们不可否认，在侵华日军的铁蹄还未踩躏这片土地前，南京有过将近十年的黄金建设时期，这里的繁华与时尚，曾经不亚于当时的上海。

  由于对民国风的痴迷，我最终还是走入了小街深处。

  展馆内模仿的不只是民国的建筑。两旁的小洋楼里，真真实实地开着在营运的影楼、舞楼、酒吧、商店。一扇低矮的窗户内，一位身穿旗袍的店主正在刺绣，喧闹的夜市里，独她安静地开放。她一只手托着半成的锦缎，木制的框子将手中那一片框成一个满圆，一根纤巧的针，轻轻地刺入，拖着细细的线，又轻轻地拉开，在空中划了一个弧，留下一路银亮。她的身子随着手中的活计，不时微微倾斜，簪紧的发髻中，吊着一碎闪光的珠玉，一方斑驳洒在扬起的嘴角，不像传统女子那样羞涩，也不像上海滩的女人那样风流。一簇浓而不艳的梅花，就这样在她的指尖，一点一点悄悄地露面。

  网上有些人将这种形式称作活体展览。这样的称呼未免太惊悚了，听着像是海洋馆里抓来的美人鱼。我更愿意将眼前的女子想成和我一样，是一位民国风的爱好者，恬淡的外表下，是强有力的根，在中西文化洪流的冲撞中，固住了一种兼容的自然美。

  不愿意去打扰她的世界，我继续向前。我终于禁不住诱惑，买了一顶圆形民国礼帽，自欺欺人地认为自己就真的成了那个年代的徐志摩。可是我的诗兴去哪里了，我戴着帽子走了半条街，也没有找到。索性又摘下了帽子，大摇大摆罩在腹前，来打肿脸充一充官老爷。

  喧闹声渐渐沸腾，掺杂着掌声、喝彩声甚至倒喝彩声，灌入耳膜——不远处，是一所戏院。看台还是清朝时的老样子，第一层堆满了方形的桌子，在过去是供普通百姓坐的吧。桌上排着几碟花生米，不时有几位短衣的店小二，用弯弯的壶嘴对着客官的杯里倒水，不知是茶是酒。二层该是贵客的座位了，布局倒没什么不同，只是桌子旁撑着一把圆圆的篷子，似乎这样可以显示出老爷的地位。我因为没有买票，无法成为风景中的人，无法真正做到在看台上看戏。但我想不通为什么有些人会去傻傻地花这些钱，站在勾栏外，既可以看到演戏的人，又可以看到看戏的人，双重展览，不是更实惠？

  你在看台里看戏，我在看台外看你。

  今天的戏，演的是朱元璋和马娘娘。听腔调应该是昆曲，只是演员"咿咿呀呀"唱的什么我一个字没懂，也不觉得戏台上那个"丑八怪朱重八"有多丑，"大脚马娘娘"脚有多大。不过，这也不妨碍我这个外行看看热闹，从众地为一出看不懂的东西捧捧场，吆喝上几嗓子。

看倦了，我便走出了民国馆。竟然没有流连忘返。好的东西早就存在心里了，你赶也赶不走，又有什么必要矫情地恋恋不舍？

告别了略显昏暗的画风，外界的阳光显得有些刺眼。一番适应后，有点空落落的，总感觉像少了什么东西。

我突然又想到了齐邦媛的《巨流河》。齐邦媛先生在书中写道，她不喜欢30年代的上海，自己只是出生于辽宁铁岭，过不惯那儿的日子。她迁至台湾后，回忆更多的，也不是在前男友家度过的那一段上海小姐的时光，而是抗日逃亡时期，学生在炮火连连下看书，在轰炸机下高唱毕业歌，就算双腿发软也不愿脱离队伍而独自上车……那时，中国的许多城市都沦陷了，但中华民族的精神没有沦陷，齐邦媛跟随各大院校逃亡搬迁，一路吸收知识的火光，滋生不屈的力量。

是啊，民国馆内生动复原了当年繁华的南京。但，该复原的，就只有那灯影下的奢靡吗？

恍惚间，我看到国民建设时期，一批批实业救国的企业家奋斗的英姿，国立中央大学（今南京大学）的学生清澈而坚定的目光，大街小巷反抗帝国主义的游行示威，还有南京保卫战时飞溅的鲜血……这些，不都应该复原吗？

民国时期的南京再辉煌，也终究毁于1937年12月13日开始的那场噩梦。新世纪南京城的发展早已超过了先前的任何一个时代。我不否认过去的遗迹是当今历史研究的活化石，是过去派往现代的使者，会让那一段尘封的岁月熠熠生辉。但我们最应当怀念的，应该是遗迹之下，那使其不倒的地基。

"暖风熏得游人醉，直把杭州作汴州。"民国风，岂止是母亲身上的旗袍，岂止是桨声灯影里的秦淮，岂止是另一个翻版的夜上海？招摇的灯影终究归于虚幻，那些不沉迷于灯影之下的背影，才是照亮我们前进的光。

# 怀 人 〈〈〈

## 范小青的奇怪种种

陆永基

世上的许多事情是很奇怪的。

范小青就是。

小青当了那么多年的全国政协委员、中国作协成员、江苏省纪委委员、江苏省作协主席（还一度兼着党组书记），我却还总是困惑她怎么会有这么些沉甸甸的符号。

她该是很轻盈的，穿着长袖或短袖的旗袍坐在四出头的靠背椅上，最好是明式的。一手端着茶盏，一手用茶盖轻轻撩拨杯里的浮茶。可以喝一口，也可以不喝，只是做个姿态而已。恭维她的人可以有，但不该是低了一个台面黑压压坐排椅上的麾下，而是几个前倾身子作肃然仰视状的青年——也允许中年或者老年，只是这类家伙除了肃然或许还有其他的意味——这才感觉正常，才像正常的小青——据说林徽因当年客厅里便是这样的情景。

倘若时光倒退三十多年，你会看到一个乖巧腼腆，时不时会满脸羞红的女孩。特别是在高晓声先生主持的一个改稿会上。当时参会的青年作家初出茅庐却个个自命不凡，而小青发表作品的质量和数量则绝对乃个中翘楚，然而，只要指出不足，高晓声总会拿小青开例，言辞还颇为犀利。小青毫无怨恼，只是低着头看自己的脚尖，脸蛋红得能开出桃花来。过后，高晓声会拍拍她，眼里流露出带点狡黠的欣慰和愧疚。

然而，小青居然当领导了。

前年省作协在无锡开会。茶聚时，有些作者听说省里范主席来了很想拜识却又不敢造次，一直在那里纠结。我见了便说，这有什么，我干脆让小青过来吧，便朝之招招手。小青一见竟然真的快步走了过来，神情没有丝毫的勉强——这件事，我印象至深，事后想想，感觉在什么地方似乎比她矮了一截。

江苏历来人文荟萃，在文学界还有第一方阵之称，也就是说，牛×人很多。牛×人优点是文章好影响大，缺点是脾气臭不服管。所以那年江苏作协换届，听说让小青当主席，许多人都为她捏把汗。

我却很奇怪地没有捏把汗，我依稀感觉小青好像不会遇到什么大麻烦。

20世纪90年代，在苏州东山召开很大的一个笔会。报到的时候，发现坐宾馆大堂登记又发放房卡、文件袋的竟是小青，就她一人，额头上汗津津的——当时她是苏州作协主席好像还兼着文联主席。我非常奇怪，便悄悄问她怎么回事。她告诉我说，虽然她在苏州兼着职务，但人和工作关系都在省作协，麻烦苏州同仁做这些事总感觉不好意思，何况她也喜欢做这些事。正说着，一大群苏州人来了，连拉带扯地将她拥到旁边的沙发上坐下来。

小青写作不温不火却不绝如缕。这很像月亮，就那么一直静悄悄悬着，一会儿半月，一会儿弦月，一会儿满月，有时还会细得像用指甲掐在夜幕上的一弯浅痕，不会故意引人注意。但稍予体会，便会发觉原来是一个巨大的存在——检阅中国当代作家，如她这般连绵不断写下一千多万字小说，且水准始终高标不垂的人，很可能绝无仅有。我不知道她是哪年开始写作的，却可以确定，将她所有作品放一起，你根本分辨不出哪些是处女作，哪些是成名作，哪些是最新作。也就是说，她的创作风格在初始阶段就已经完臻且坚如磐石，而此后的行笔则似乎纯属体力上的操作。这其实是一件奇怪得不得了的大事情，该有文学史家和论家好好研探。

上面所述是我不捏汗理由的其一和其二。其三则是：既然能够让我这个不牛×的自觉矮了一截，那么就有可能让那些牛×的自觉矮了一小截，至少一点点。

一点点就很了不得——所谓盖帽，也就是贴着头皮的那一层薄布。

小青是我苏大学妹，认识好几十年了。当时她还有点婴儿肥，后来越长越秀丽，加之身材细长，皮肤白皙，真是亭亭玉立而英迈出群。有人说她像张爱玲，像林徽因，像蒋英。在我看来，特点而言略缺不显，综合而言，则都胜过。更何况她还会喝酒。"忽觉佳酿醉春花，一颦一笑添红霞""玉指轻动夜光杯，落花狼藉酒阑珊""金钗摇摇衣带笑，美眸斜睨醉迷蒙"——这些用在小青身上都很贴切却犹不够，因为小青的喝酒还大有"龙头泻酒邀酒星""会须一饮三百杯"的豪爽。早年省作协友访西北。主方不但好客而且好酒，席间数次诚邀须眉客人畅饮。无奈这些须眉客人几杯下来便软瘫了。主方颇为失望，一时全场黯然沉寂。此时，模样娇柔的小青站了起来，竟然自斟自饮三大杯，令主方大为惊喜，以致一齐朝小青击缶放歌，欢腾不已。

小青的重情义是出了名的，除了秉性使然，还在于不会拒绝。我甚至感觉造物主在她身上根本就没有安排这样的功能。如此，她就非常忙碌。别的不说，仅就捧场江苏作家的作品研讨会，每年都有十数场之多。有的甚至是刚出道的新手，只要示邀，她就会不避劳顿，风尘仆仆赶了去。她又特别重视外表，所以，每看到此类场合的照片，她竟然不见疲态而一如既往地衣鬓光鲜，让人奇怪得目瞪口呆，怀疑暗中有什么鬼神相助。

在所有人的眼光里，小青一向是顺利而且成功的，无论创作、工作、家庭、口碑乃至朋友相处都那么圆满。我则感觉到这圆满中该有其不予言表的艰辛和苦楚。一次场合，我见她颇有忧郁之态，便低声询问了一下。不料，小青当场泪崩，转身向隅——这情形，小青显然是不愿透露的。我却大为感动。觉得唯有此举，小青才见性情，才接地气，才在人的完全意义上有了坦诚的圆满，才有未予欺世的真实。一句话，才不奇怪。

需要赘述的是，早年友访西北，主方朝小青击缶放歌的是左权民歌《小亲圪呆》：

　　小手手红来小手手白
　　搓一搓衣裳把小辫甩呀——小亲圪呆
　　小妹妹河边把头抬
　　你说扭过就扭过
　　好脸要配好小伙呀——小亲圪呆
　　小亲亲来小爱爱
　　把你的好脸扭过来呀——小亲圪呆……

当时，只要唱到"小亲圪呆"的呼口，家伙们必然喉咙高吼拍手跺脚,膨胀的大热情里带着不加掩饰的小恶劣。我想,要是现在的小青再遇到这样的境况,她该是满脸娇羞还是柳眉横对呢?

不管如何,这肯定又是一个很有趣的奇怪。

# 木语者（外一篇）

王　韵

我们这儿的人，买了房子装修，喜欢找南方木匠来干活儿。所谓南方其实是相对于我们所在的北方，具体说是来自苏北和苏中的乡村。这些乡村木匠如影随形地带着各自的手艺，背井离乡跨过长江，来到我们这儿。他们很快以活儿细致、手艺精湛、款式新颖，在当地站稳了脚跟，打开了市场，创出了名声。我们爱找他们几乎到了迷信的地步，仿佛不找他们，我们心里便不踏实，活儿也干不好，单单忽略了他们水涨船高的工钱。

我也不例外。我到老黄的板材店买材料装修新房，请他帮忙介绍个南方木匠来干活儿。老黄是重庆三峡库区的移民，异地安置到了我们这儿，下岗后代理了某个品牌的板材，经营着一家颇具规模的店铺。这些南方木匠，还有当地木匠们，经常替主家或领着主家来老黄的店买板材，老黄为人精明灵活，一来二去地与他们都熟了，清楚他们每一个人的手艺情况。他操着重庆味道的普通话，笑呵呵地说:"你们这些人哪,老是迷信南方木匠,你们当地有的木匠就做得挺好的。"说完他指着立在墙根的一个酒柜说:"你瞧这酒柜,板与板之间没有一点缝儿,连胶都不用,就是老董做的。"这酒柜四平八稳地站在那儿,看上去的确端庄大气,赏心悦目,我记住了老董——一个我们当地的木匠。

我打电话给老董,他正在邻近的小区,我说我是老黄介绍的,想找他干活儿,请他现在来房子现场看看,我好根据他的要求去准备所需材料。他回答正给人干活儿,脱不开身,待干完后再联系我。他的语调平静,听不出某些工匠揽到活儿的迫切和高兴劲儿,我听后却有点不高兴,心想:你离我就咫尺之遥,怎么就不能先暂时放放手中的活儿,来我这儿看过后回去再接着干。我认为老董拿架子,冷漠无礼,甚至动了不找他的念头,但想到老董做得漂亮酒柜,我努力说服自己就等几天。

三天后,老董给我打电话,说那家活儿已干完,半小时后到我的房子,一起将工具拉来。我听了又有点不舒服,心想我只是叫你来现场看看,还没确定找你干呢,你怎么就将工具一股脑儿地拉来了。老董来了,随车拉来一电动三轮车的各种工具,还有一张半个客厅大的旧毯子,见我困惑,他解释是铺在地上接锯末、刨花和遗落的钉子的。我说需要干的活儿,他边听边插嘴说自己的想法,听得出他考虑得很周全,这一刻,我决定就用他了。待我说完了,他猛地来了句:"就这点活儿呀。"显然他是嫌我的活儿少,干起来不过瘾。我这才认真地瞅了瞅老董,他中等个头,面色白净,胡须修理得体,如果不是他身上那套后背印着某品牌木工板的工作服,我也许不会当他是一个木匠。我建议他跟我到楼上楼下相同格局的房子去看看别人怎么干的,他头摇得像拨浪鼓,干脆地说:"不用看,我知道。"我想,你没看怎么知道别人干的什么样。他在心头盘算了会儿，一口气说出了所需板材、五金等，我快速地记在了纸上，又逐一跟他核对了一遍。然后我持这份清单，到老黄的店买齐了所有材料。老黄又额外撺掇我买了一种叫"罗马柱"的装饰条，他说做出来效果好，先拿两根试试吧。

晚上我有些不放心，从同事发给我的图片中选了几个款式转发给了老董，一直没见他回复。之前有着丰富装修经验的同事提醒过我，由于工钱是按照所消耗的板材张数来计算，有的木匠故意以虚报多买和浪费板材来赚取工钱，我似乎还得防着老董这样做，别当了冤大头吃了哑巴亏。所需材料都送到了，房子钥匙也已给了老董，剩下的活儿就看他的了。

一连两天我都有事，没到房子去，老董也没跟我联系。第三天上午我去了，老董已在客厅中央铺开了毯子，上头立着丈把长的马凳，凳下散落着锯末、刨花和看不见光芒的钉子等物什，还有各式各样的工具，它们中很多都要依赖电才能正常工作。一个中年妇女正给老董打着下手，我一眼看见她穿着印有某玻璃厂字样的牛仔布工作服，这是老董的妻子，原来在玻璃厂车间干，后来单位改制下岗，现在听老董调遣给他搭搭手递递工具什么的。

在老董的手底下，阳台的橱子率先挺身站了起来。我们的阳台个别地方设计有问题，比如现在橱子这个位置，有一根碗口粗的空调下水管，不偏不倚地自上向下贴墙竖在中间，楼上那户是打了架橱子将管子彻底遮挡在了后头，这样可利用空间就缩小了。而老董不，他偏偏独出心裁地用几块木板包起了管子，再穿过橱子中间，看上去像是装饰，不露痕迹，又充分利用了空间。我顺手掏出一张名片，插向门边的缝隙，只见严丝合缝，根本插不进去。门与门之间上下齐整，浑然一体。

我禁不住夸赞老董，跟他聊起天儿，他停了手中的活儿，摸出一根烟点着了，附和我说着话。像我见过的很多手艺人一样，老董也有很大的烟瘾，他似乎烟不离手地冒着袅袅青烟，所抽的烟是那种几块钱一盒的烟。他的老家在董庄，横过门前一条莱烟路，董庄百分之九十的住户都姓董。村中人多地少，一些村民便想方设法学一门手艺谋生，陆续有了泥瓦匠、木匠、铁匠，等等。老董是拜邻村一位老木匠学的手艺，那年他十七岁，老木匠心地善良，手艺精妙，对老董倾囊相授，再加上老董人勤快，眼皮活，悟性高，出师后立即自立门户，凭一手好活儿成为附近最好的木匠。外村人不知道他叫什么，都喊他木匠，这样叫仿佛周边只有一位木匠，就是他董木匠。老董曾经是周边几个村庄日常生活中不可缺少的角色，谁家盖房造屋、打制家具，首先考虑的肯定是他，他无论在谁家干活儿，都是酒肉招待，工钱丰厚。眼见老董忙得分身乏术，有村民便送自家孩子跟老董做学徒，董庄的人都沾亲带故的，打断骨头连着筋，老董磨不开面子，上门便收，也有个把年轻人学得了好手艺。我们这儿重视中秋和春节两个节日，兴买了东西走街串巷入户"送节礼"，登门看望自己的长辈、师傅什么的。我问老董："他们学成后每年过中秋和春节还去看你吗？"老董答："不看，都出师了，各干各的了。"他妻子插话道："他每年中秋和春节都买了牛奶、烟酒和点心去看他的师傅，师傅没了继续看师娘。"老董一口一口地抽着烟，忽地叹了口气，说："你瞧这满地用电的工具，比过去那些老式的木锯、刨子、凿子、锛子、铲子可省劲多了，但现在就是没人愿学这手艺喽，脏累苦不说，收入也不行，赶不上到外头打工干个建筑队挣得多。再说那些这板那板的家具，哪有咱自己打的实木的结实耐用，还贵得吓人。"见我不说话，老董接上了一根烟，任它在手指间一寸一寸地燃烧，顺手捞起一根木料眯起眼盯了会儿，开动电锯"嗞嗞嗞"地锯割木料，停了电锯，他口中开始嘟囔着什么，我听出是一连串的数字，它们属于客厅左右对称的那一对博古架。老董不是对我说的，也不是跟妻子说的，而是在和他手底下的木头说话。听他妻子说，他一干活儿进入状态就这样，别人不理解还以为他自言自语是有病。老董其实是将眼前手中的木头看作了鲜活可爱的生命体，它们能呼吸，会微笑，在它们的体内都藏着一颗玲珑心，懂得倾听他说话，默默地与他交流。在它们坚硬的骨骼以各种形态彻底站起来前，老董的每一句话都能得到它们发自内心的回声，每一个动作都能赢得它们的响应。

我想起了转发给老董的图片，老董说没看见，我拿出手机找到图片指给他看，他只瞟了一眼，有些漫不经心地说："知道了。"这一次，我不再腹诽老董，因为我渐渐地认识到他是一个有自己的主意和想法的人，也是一个有脾气和对自己的手艺充满自负的人。果然，几天后，一对博古架对称着立起来了，它们一眼瞧上去像图片中的模样，但仔细瞅瞅，却更精美大方，苗条稳重。

那天老董干活儿，我在一旁站着看，似乎在见证一件工艺品的问世。我不说话，他也不理会我，又开始嘟囔着和木头说话。这中间他接了个催款电话，是售楼处打来的，催他抓紧去补交剩余房款。老董为了俩孩子在城里上学，买了一套学区房，已经交了四十多万元，还差一两万元就能拿到钥匙了，以后孩子们就不用住校了，但他目前硬是拿不出这钱。他问我办房产证所需的费用，我也说不清楚，他沉默片刻，又嘟囔起来。

老董最兴奋的是一连接到了两个电话，都是像我一样经人介绍找他干活儿的，他掩饰不住高兴地对妻子说："这两家活儿多，干下来差不多就能交齐钱拿钥匙了。"他是真的需要钱，但他不急不躁，不温不火，仍然像刚开始一样，专注而认真地干着活儿。

十天后，所有的活儿都揭开了盖头，老董和妻子准备收拾东西了。他们将工具一件一件地收进工具箱，然后一人攥着毯子一边，将那些锯末、刨花和看不见光芒的钉子等，悉数包裹了进去，费力地抬到门外。

所有材料都用得恰如其分，剩下的只是些派不上用场的边角碎料。

还有那两根"罗马柱"。

老董不紧不慢地说："这个用不上，博古架这儿的空间窄，用了它留给中间推拉门的地方就更小了，要多用好几张木板，同时至少需要六根这样的柱子，浪费钱，还不实用也不好看。"

老董和妻子将毯子席卷走了，我送他们到电梯口，盯着不停闪烁变换的电梯数字，我想到了有一类人和他们所代表的精神品格。像老董这样的手艺人，日复一日地忙碌在机械重复、枯燥无味的劳作中，唯一的休息是静静地坐在一堆狼藉当中，痛快地抽一根烟，走会儿神想一些永远想不完的心事。但他们一旦进入状态，马上会专注地干着各自的活儿，他们忠主家的事，敬自己的业，努力将每一桩事、每一件东西都干得尽善尽美。

他们有一个共同的名字：匠人。

我发现，老董不知啥时留了一小堆锯末和刨花在我的客厅，我知道，这不是他的疏忽，他和他的一辈辈同行一样，是在坚守着自己的行业规则，这样意为"还有活儿干"。

但愿老董们天天都有活儿干，赚个盆满钵满。

## 丢 丢

现在，我还能清晰地想起第一次遇见它的场景。

时值夏末，天气微凉，下着小雨。女儿已经八岁了，扎着马尾，读小学二年级。那天中午她在放学路上，路过一根横在路边的水泥管子时，突然听到一声微弱的"喵"。女儿蹲下身子去找寻，它在黑暗的管子中望向女儿，两星目光闪烁明亮，却没有拒绝她向它伸出的双手。猫这种充满灵性又高傲乖张的动物注定与漂泊无定的我们，尤其与在孤独中长大的女儿结下善缘。当这只孤苦的流浪猫走向女儿的那一刻，女儿什么都不想了，她只想带它回家，那个同样四处流浪、萍踪靡定的家。

　　女儿一路抱着它跑回了租住房。女儿渐渐长大，三个人挤一张床已经不方便了。这次我们是与一家由农村进城卖菜的夫妻合租了四间正屋，我们住在西边两间，各自走自己的房门。房子不隔音，隔壁说话的声音都听得清清楚楚。我们睡在靠西墙的那间，房间刚刚能容纳一张大床和一张小床，东边这间当厨房、客厅兼餐厅，放着一个简易衣柜，一煤气罐，一张折叠的小桌子。小桌子做饭时当菜板，吃饭时当饭桌，女儿写作业时又当课桌。房间太小了，打开桌子就转不开人，只好用时打开，不用时折叠起来。

　　这样逼仄的住房条件，三口人尚且住不开，哪里还有多余空间容纳一只猫呢？可是看着女儿亮晶晶的眼睛，被汗水打湿的头发，满怀期待的表情，我不忍心拒绝了。小猫被女儿抱在怀里，它黄白相间的花纹，弱小的身子蜷缩成一团，两只碧玉般的大眼睛怯生生地望着我，声音嘶哑地喵喵叫着，它仿佛知道要与女儿结成联盟，共同争取我的同意。望着女儿和小猫无辜迫切的眼神，摸一摸小猫瑟瑟发抖又温暖柔软的身体，一瞬间如蜻蜓掠过水面，那么微妙而又真切地触碰到我柔软的心底。就这样，女儿收留了这个可怜又可爱的小生灵。鉴于此前喂养的失败，这次我们特意给小猫起了个名字叫"丢丢"，很有点以前人们为了孩子好养，故意起名诸如"狗剩"的意味。

丢丢是一只最普通不过的小猫，然而就在女儿带它回家的那一刻，它便变得与众不同了，他们彼此需要，相互珍惜。丢丢与我们有一种与生俱来的亲切感，它很快与我们混熟了，开始慢慢地对自己的名字有反应，也开始习惯我们的拥抱。

我们每日为生计奔波，生活完全没有规律，常常回到家已经很晚。女儿从上小学一年级开始，就每天自己走着上学、放学，我们从来没有去接送过。回到家第一个迎接她的总是丢丢。有一次我们到家已是深夜，女儿没有吃晚饭，写完作业与丢丢玩耍等着我们，实在熬不住睡着了。打开房门，我们看到满脸稚气的女儿躺在床上和衣而卧，小小的身子蜷曲着，怀里抱着丢丢。听到动静，丢丢警觉地从女儿怀里伸出头张望，好像在保护女儿。看到是我们，懒洋洋地伸了个腰，"喵喵"叫着跟我们打招呼，然后又惬意地钻进了女儿怀里。

一个星期天，女儿和她的表姐抱着丢丢去外公家玩，约好吃过晚饭就回来，可是晚饭时间过去很久了，依然不见女儿回来。正在焦急等待中，女儿和表姐回来了，泪眼婆娑。说下午带丢丢在外公家楼下的草坪玩，淘气的丢丢奔来跑去地跟她们玩捉迷藏，困到茂密的冬青丛中出不来了，只听到丢丢惊恐的哀叫，却怎么也找不到丢丢的影子。她们围着冬青丛找了好久，只好垂头丧气地回来了。我听了很难过，只有柔声安慰着面前这个哭成泪人的小女孩。

挨过难熬的夜晚，早上送走上学的女儿，父亲突然来了，手里拎着一只网兜。听着"喵喵"的叫声，我不敢相信自己的耳朵，难道是丢丢回来了？打开网兜，丢丢边叫边蹭着我的裙角，像一个受了委屈的孩子，回来对妈妈撒娇呢。果真是丢丢！父亲说早上起来，听到门外有猫叫声，时不时还有房门被抓挠的动静。打开门丢丢正在防盗门外边"喵喵"叫着，边用爪子挠着防盗门，头上身上全是草木碎屑。

父亲找了个网兜，把它放进去，想提着送回我们家。丢丢起初可能是怕被扔掉，在网兜里凄惨地叫着，使劲地挣扎着，想突围出去。走到距我们家一百多米时，它安静了下来，它已经知道自己即将被送回家。见到我之后，它伸出两只前爪紧紧地抓住我胸前的衣服，眼睛似睁非睁地撒着娇。盯着这个怀中亲密依偎的小生灵，我不知道它是怎样从冬青丛中挣扎出来，又是怎样穿越楼道防盗门，找到楼上父亲家的。这弱小的精灵，为了寻找主人，历尽辛苦，心中怀有一种怎样的信赖和依恋啊！中午女儿无精打采地放学回家，眼睛还是红肿的，一进门竟然又听见了熟悉的喵喵声，女儿立刻喊着"丢丢""丢丢"，边哭边飞跑进门。丢丢高高地竖着尾巴，像以前一样跑过来围着女儿打转，蹭着她的小腿，女儿紧紧地抱着这个失而复得的"宝贝"。

经历了这次事件，丢丢和我们相处得更加融洽。每天出门，它都会把我们送到门口，但是怎么也不肯迈出大门一步，就那样目送自己的亲人远去。有时我们去离家不远的广场玩，女儿把放着钥匙的小包挂在丢丢脖子上，丢丢就会乖乖地趴在地上，时而伸出它的小爪子跟主人嬉闹，但始终坚守岗位，守护着那个挂在它脖子上的小包。

一次有位朋友来我们家串门，看到丢丢特别喜欢，说他家底楼好像进去老鼠了，想把丢丢要去捉老鼠。女儿不同意，我也不舍得，最后商量借去十天，再送回来，女儿勉强同意了。仅仅过了三天，朋友打电话让我们接丢丢回来。原来丢丢去后就钻到一只沙发底下，从早到晚一直凄厉地哀叫，任凭朋友每天将鱼虾端到沙发边，就是不肯出来吃一口。丢丢绝食了！它可能以为我们丢弃了它。朋友无奈，只得让我们接它回来。我和女儿刚走到朋友家大门外，就听到丢丢"喵喵"的叫声，随后便见它箭一般从底楼大门蹿了出来，喵呜喵呜叫个不停，似乎在向我们倾诉分离的委屈。

时间过得真快，丢丢已经长成了一只成熟的大猫，比幼时安静了许多。

2011年春，历经多年打拼，我们终于贷款买了属于自己的房子，从租住的平房搬上了楼。女儿放学回家，问："妈妈，丢丢呢？"我忽然想起，对啊，忙碌了一上午，怎么没有听到丢丢的动静，不会是遗忘在租住房或者真的"丢"了吧？！女儿一听，眼泪唰地下来了，哭喊着说："丢丢，丢丢！你们把丢丢弄丢了，我要回去找丢丢！"这时，隐隐地听到了一声猫叫，我们以为是幻觉，屏息静听，果然是丢丢的声音！只见丢丢正从一只女儿盛书的纸箱里探出头，一边回应着女儿，一边不紧不慢地从纸箱里走了出来，那风度，俨然一位凯旋的大将军。

住在楼上，丢丢生活很不便，也不适应封闭的环境。我同女儿商量，与其这样每天把丢丢圈在楼上，眼睁睁地看着它不快乐，不如把它送给一个喜欢动物又有条件豢养的人家。几经筛选，我们将它送给了一位离我们家不远住平房的亲戚。丢丢走后，失落和牵挂在我和女儿的心底萦绕了好长时间，我们总是不适应回家后的冷冷清清，不放心丢丢在那里是否适应。但一想到为丢丢找了一个更适合它生活的地方，它应该会获得新的慰藉和快乐，我们也就释然了许多。此时女儿已经长大了，对这种分别的情绪不再像小时候那么无法控制。一直到把它送走，女儿都没有哭。只是偶尔会问我，如果再见面，丢丢与我们，是不是还能认出彼此，丢丢是不是还像以前一样记得住回家的路？

## 父亲的诗行

丁碧岚

父亲猝然离世,生日成了忌日,我们悲恸万分。整理遗物时,发现在摆放整齐的书架上,排列着很多小本本,一一翻看,都是父亲的随身笔记。其中两本竟是诗集,这么多年,我从不知道自己小学毕业半工半农的父亲会写诗!略略浏览,我不禁泪眼模糊……

由于一直放在父亲生前独居的小屋,而主人已经离世两年多,这些本子个个灰头土脸,尘埃满身,像失去父母的逃难娃。父亲的这间厢房,算是卧室兼书屋吧,靠后墙的是一张床,靠前窗的是一张桌子,东墙则是父亲用土坯搭建的三层书橱,码着各类书籍、报刊等。

父亲留存的记事本共二十多个,是从1960年开始记起的,算一算,那时父亲刚好二十岁。内容什么都有,学习所得、日常琐事、工程进展、收入开支、书信往来摘要,有时记得很细致,有时一天一句话。不过总体是欢欣少,哀愁多,读来让人心情沉重。我小时候,父亲常年在外,大多一年才回家一两次,每次都带回很多好吃的,给我们兄妹也给邻居小伙伴,让我们倍感荣耀,从没想到父亲在外竟是如此艰辛和曲折。可他尽管苦苦挣扎在生活的底层,却从不向命运低头,父亲就像一只受伤的雄鹰,越挫越勇,永不言弃。

几乎在每个本子的扉页上,父亲都写有励志的诗句。年方二十时他是这样说的:"一日之计在于晨,一年之计在于春。一生之计在青年,一切之计在精勤。"而立之年是这样说的:"人生道路几十年,要成事业志在前。钢刀要磨人要炼,长炼苦中自有甜。无志之人虚时度,吃喝玩乐苦累嫌。自古先辈多辛勤,全靠心恒毅力坚。"不惑之年又是这样说的:"人生如梦几十春,应学雄鹰击长空。展翅循环十万里,不枉千古志凌云。""步叟雄心在,饿肚勒紧带,败至沉沦境,坚持构筑界。——1998年宣言"瞧这语气,哪像六旬老人。

父亲顽强的进取之心更令我佩服。从这些记事本上可以看出,小学毕业的回家务农的他,一直没有放弃学习,没有离开课本。这个黄皮面本子显然是父亲的学习专用笔记,工工整整地写着日积月累的知识点,他整理好多的"古书常见生字译"我不大认识,只能看懂他记录的一些生字和词解。那时小学还未学习拼音,生字全用同音字标注的,如"恬(田),谙(安),宦(换),舛(喘),褒(宝),秽(会)"等,有十几页。词解如"撰(篆):作,杜撰,编书,写著;敷衍(夫演):将就,应付;哽(耿)咽:呜咽,悲伤得说不出话来。"另外还整理了一些诗牌词牌曲牌。这个本子父亲定是随身携带的,一直在用,因为更为破旧。要知道,在那吃不饱穿不暖的境况下,父亲还能持之以恒地学习,是多么不容易。

父亲一生酷爱报刊书籍。那时家里有个大木箱子,里面满满的全是书，平时锁着，直到我们上了初中，父亲才舍得拿给我们，一本一本地，反复叮嘱爱惜好。他的笔记更不会让我们动一下，所以我真的从未碰过，直到他离开人世。父亲还喜欢写写画画，家里春联也全他亲自写，有点像文人。前些年我有了自己的书房，父亲见到很是高兴。他特别爱看《书刊报》一类登历史故事的，我忙里忙外，见他看得专注，也就不去打扰，更没想起唠一唠我们家的祖籍，问一问我儿时的故事，讲一讲他这一生的经历。现在想来，真是后悔。直到今天读父亲的《家事追忆》，才知我们家是1900年从邻县逃荒出来，几经辗转，二十年后才在如今的村庄停下来，难怪全村就我们一家丁姓。而父亲五岁就失去了母爱，当时家中人口有"祖父、父亲、大姐、二姐、兄、本人及妹"，家里穷得叮当响，"借居亲戚两间屋，老少七口挤一堆。朝不保夕常挨饿，饥寒交迫苦难言"。

父亲的两本诗集，从目录上看，共收录了一百六十一首小诗，大多标注写的时间，整理时间，以及当时的背景，加上其他记事本中零散写就没有整理入册的，约莫两百首吧。其中《悼母》有之一、之二、之三、之四，《宜兴路上》有之一之二。大多为叙述诗，如《初出茅庐》、《赖皮的徒儿》（青玉案）、《揽工程》（沁园春）；写人的如《李玉香》（鹧鸪天）、《葛恒均》（卜算子）、《殉情包庇的村长》、《贤惠的儿媳》；还有抒情诗，如《事业啊事业》《北疆游子思故园》等；也有写景的，如《尧舜禹地三日游》《黑龙江的河山》等。大多格调低沉，压抑悲伤，从这些诗中可大致了解父亲的人生轨迹，跌宕起伏，迂回曲折。节奏欢快的诗很少，只有《当我坐上了火车》《儿媳邮来全家照》《当我想起了孙儿》等几首，给沉闷的空气吹进一缕清新的风。

父亲从来不跟我谈写作。但或许因为遗传，我也爱好文学，还把发表的豆腐块沾沾自喜地拿给父亲看，他也很开心。那时父亲已六十多，他的诗早已聚集了一定数量，也是可以挑选修改一些试着投稿的。可父亲对此只字不提，也许那些曾经的苦难创伤太深，他不愿再回望，也许他觉得那些只是自己心灵的释放，别人并不能理解，字字都是血，谁解其中味？而我的想法之于他，是多么肤浅和浮躁。

父亲平时话不多，讲的也多是朴素土气的家乡话，不承想他的内心深处会喷发那么多词汇。在父亲所有诗行中，我最震撼最感动的要数这首《父子仨避难》："风雷怒吼，连降滂沱不休。望河床白浪水啸，堤堰毁缺庄稼浮。抱女搀子欲渡河，东桥淹没未敢泅，冒雨转头回走。小儿刚离襁褓，紧跟跋涉徐挫，脚扎荆棘不叫苦，风雨同舟。河水汹涌澎湃无桥无渡怎过河，雨泪交流。妻病住医院，孩子缠忧，托人代抚二姨母。拼死越河，试水渐渐齐肩头。惊险方息，雷电复吼，大雨如注催万物，几株禾秆捆聚，父子三人避雨稠。不如继续走，戌时到庄头，孩姨母见状惊扰。四十天后，妻病愈归寒屋，领子女拥母，团圆奋战抗灾饿。"

我每读一次，都热泪翻滚，当时的情景仿佛就在我眼前，雷雨交加冒死越河的那不是父亲，而是我。母亲患的是肺结核，这在当时贫穷落后的农村，严重程度可想而知，何况我家穷困潦倒，祖父甚至阻止给母亲治病，父亲坚决没答应。他无限忧伤地说："妻患沉疴夫不安，请医求药痛心肝。夫欲代妻将病染，奈何身躯两分开。家贫难籴一升米，囊空无钱医拒收。眼看妻子危在旦夕，心如刀绞泪如泉。"后来总算有了转机，看来父亲人缘不错："幸得院长赊钱治，四十天后寒室还。虽然欠账一千二，财去人安心也甘。"

父亲好像从小就有一颗不安分的心，不愿在家种地，许是家乡太穷吧。经了解,有个亲戚的亲戚在沈阳开原发电厂,暖暖的希望让单薄的父亲坚毅了许多。他追梦而去,火车坐了几天几夜。按地址找到人家时,不料这位远亲去世了。父亲只好东一榔头西一棒,四处打探找工作,吃苦受罪风餐露宿也没挣到钱,不得不垂头丧气地返回。三年后父亲在老家乡镇医院工棚里,回忆并记录了自己《初出茅庐》的这一年:"……巍峨的长白山下留有脚印,鞍钢大连寻遍。丹东抚顺道听途说,帮收工人正逢机,可却也是枉然。北戴河畔流过泪,砸冰窟窿解渴充饥,坐在那摩天山麓旁忧郁,初出茅庐屡碰壁。生命路起步曲折,遭风险余惊未息。"

父亲的记事本上,还常看到一些几何面积的求解,定律公式的推算,还有很多我看不懂的设计图样。父亲心灵手巧,自学了木匠活儿漆匠活儿,家中衣橱桌椅全他自己动手。书籍就是他的老师,日常工作遇到问题也随时请教。可那一年,他的书却被人偷了。当我看到这一页时,心猛地一沉,谁这么差劲,偷人家书干吗?"老邢头真真可恶,偷我书箱不知耻,卑鄙行为令人恨,变卖书钱买烟酒。""群书知识作用广,科学施工为我师,日后阅览无资料,无价之宝难赎回。懊悔临行锁不牢,痛失心肝满眼泪。"父亲一一记录了所有被盗书目,可见这次被盗,对于父亲,几乎是灾难性的。这事发生在黑龙江建筑工地,那偷书的老邢头没准大字不识一个,哪里能够意识到,这些书竟是父亲命根子。虽时隔二十年,但好像就发生在昨天,让我无法面对痛失宝贝心如刀割泪水纵横的父亲。

父亲回家很少,但每个月都会寄来一些钱,加上母亲的勤俭,所以在我一年级时,还把"外面大下屋里小下"的旧房子翻盖了,可我初二那年,母亲患了难治型的食管癌,家境从此江河日下。父亲和姐姐陪着母亲一直辗转在求医的路上,医药费一半以上都是借来的。在父亲的记事本上,密密麻麻记着所借亲戚好友村邻各类人等两百三百的账目明细，让人触目惊心。而此间父亲又不能外出挣钱，家中的拮据难以形容。我那时已考入卫校，一个学期才用三十元，而同学基本在百元。贫穷让性格开朗的我渐渐变得自卑。

后来母亲基本痊愈，年近半百的父亲重新燃起心底的希望，特意买了个大红皮的本子，动用全身力量，苍劲雄厚地写道："债台高筑家境虚，病魔欺我欲何如。不能重新治庭院，枉为男儿七尺躯！"是啊，我平平常常普普通通的父亲和天下千千万万个父亲一样，为家庭为孩子谋温饱谋幸福，不惜千辛万苦，呕心沥血。然而，命运并不因家道破落而怜悯他，相反更加摧残他。父亲到处不顺，四面楚歌，致使一向刚强的他几近绝望，悲从中来，他无力地叹息道："为化贫转富我烈火中烧，为联系业务我忧心如焚。我不求前途显赫金银满堆，请许我得过且过的生存与消费。命运啊——请听我哀言，我没有奢望，让我还清外债足矣，让我在纪家楼工程上与好运相拥……"

我不知父亲所说的纪家楼工程是否如愿，笔记大多比较扼要，有时钢笔、有时圆珠笔、有时铅笔，二十几岁时还会用毛笔，如今有的已被岁月磨得辨认不清。反正那段时间父亲总是不利，后来母亲病情复发又借钱，两年后的一天撒手人寰，欠下更多的外债。债务像一座座大山，压得父亲日夜焦灼。忙完母亲丧事，父亲马不停蹄地踏上了东北之路，他要当面去结算前年老板一直拖欠的工钱。可是，老板翻脸不认账，还诬陷父亲施工不合格，要倒赔老板钱。父亲惊呆了，只好闹到法庭上，官司打了一两年。可人家老板钱多势重，父亲最终被判赔偿部分。老天啊，本就两手空空，外债累累，拿什么赔偿？悲愤交加的父亲快要疯了，真是呼天天不应叫地地不灵。没办法，擦把眼泪，再向心爱的笔记——他无声的知己倾吐满腔血泪："债非债场债，被栽吃亏债。谋路欲还债，失利又欠债。新债旧债五内碎，借债还债哭无泪。年迈负债沉，生前债难却……"父亲的手颤抖着，他写不下去了。

父亲去世后我才听姐姐说，父母是定的娃娃亲。回想他们的感情，我不好评价好与坏，两人经常吵架，但很快也能和好，各尽各的责任。后来母亲患病期间，父亲不厌其烦地伺候她，四处告债求治。然而父亲怎么也不会想到，在妻子走后的第七个年头，会有个充满才情的女子降临于他的生活。

在父亲的一堆笔记中，有一本就是这位女子的，好几十首，全为诗歌。父亲算是遇到知音了。开篇第一首，是《献给龙哥一首心灵的诗》："风风雨雨几十年，好像一艘折断桅杆的小船，在生活的海洋中漂泊。……终于，有个人稳稳地走进了我生活。是你帮我把住了小船的舵，减少了漂荡无援的颠簸，没有了生活困境的压迫。是你用宽阔的胸膛温暖了我，是你用温情融化了我心中的冰河，是你给我增添了勇气和力量，亲爱的龙哥，从今以后无论天涯海角你走我跟着，相依相伴到放飞心中的歌。"

真是有缘千里来相会，父亲心里感动又激动，同时感到深深欣慰。陶醉了的父亲欣喜地写道："有个女子暗中爱我，情深义切结下良缘。她对我心心相印，她对我灵魂相牵，挑不出半点差错，说不出半句非言。她有文化而不骄傲，她有才能却不夸耀，她讲礼仪从不胡闹，她修养高谈吐妙。她爱我胜过爱己，她授我处世机要。她与我祸福同当，她对我贴心周到。"我也应该感谢这位女子，是她用一片炽热真情融解了父亲心头那层层创伤之厚痂。那些年，父亲一直奔波在齐齐哈尔，她为疲惫的父亲营造了一个温馨港湾，让他的身心得以休憩和安宁。从她的一首首诗作中，了解到她的命运与父亲惊人相似，幼年丧母，少年丧父，青年丧偶。她大约比父亲小十岁吧，儿子已成家，女儿高中毕业没工作，自己是面临或已经下岗的工人。共同的命运，艰涩的生活，让两颗心贴得更近了。终于那一天，女子羞赧地写下了《喜结良缘》："九七十月一十八，龙哥只身到我家。情意绵绵说不尽的话，两个苦命的孤与寡，你恩我爱合成家……"此时，外面一片寂静，遍地积雪皑皑，气温零下三十多摄氏度，而室内温暖如春，喜气洋洋，他们听着彼此心跳，父亲也欣然应和道："寂寞寒孤两鳏寡，中年携手合一家。苦尽甘来同舟渡，心灵创伤不再压。"（父亲写的都是继母誊抄的，下面注明"龙哥题，于某年某月某日"）父亲题的少，继母写的多："龙哥一生太坎坷，生活路上磨难多。苦水何处去诉说，苍天不语地沉默。命运把你交给我，满怀欣喜倍呵护。"这份迟来的爱让女子诗情迸发，欢快得像只百灵鸟了，她要与过去的苦痛彻底告别。

同样，黄昏恋让父亲身心大好，久久不曾光顾的好运也终于来临。这一年，父亲接手一个别人不愿也不敢接的烂摊子，经过他缜密思考，悉心改造，终于化险为夷，胜利竣工。让我们一起分享他这份久违了的欢畅吧："鞭炮鸣，颂囱起，六旬老汉今神怡。初来场地人藐视，垒筑高筒非儿戏，险而工期紧，适逢初冬季。孙子齐，锁愁眉，原包逃溃病难医。邀来老汉危囱治，胜利落成未超期，众人啧啧赞，上司酒馆请。"父亲开心得像个孩子。

然好景不长，那可意的人儿只陪父亲三年半时间，就意外地发生脑溢血，昏迷在床一躺就是半年多。父亲又是朝夕相伴，端茶倒水，记录病情症状，所用药名剂量，还不惜拿出自己不多的积蓄为她看病，可最终她还是先他而去了。父亲满怀悲伤、身无分文回到老家，稍事休整，依然四处找人打工，直到六十九岁回家度晚年。尽管家乡已经脱贫致富，哥嫂也是啥都有，但父亲天天还是不停手，种庄稼忙菜园侍弄牲口，直到猝然发病的那一天，还在收拾准备种蚕豆，说让我们回家可以吃上新鲜无公害的……

父亲一生波折，但我们绝没想到他走得那么突然。"出身孤门多凄惶，历经磨难倍苍凉。屡败屡战不服输，胸有宏图心志强。一生坎坷福未享，匆匆离别去天堂。天堂没有痛和泪，幸福快乐永安康。"

遥望窗外的一轮寒月，我默默地祝福他：父亲呵，安息吧。

# 张謇在大丰

卢　群

突然想起要写謇公。别的不写，就写他在大丰。

那日，天刚蒙蒙亮。謇公就出了门。

謇公要去的地方很远，很大，也很荒凉。远和荒凉都算不了什么，謇公奋斗了大半辈子，什么世面没经历？倒是那个"大"，让謇公心心念念再放不下。下海二十年，謇公已拥有包括大生、广生、复新、资生等诸多工厂在内的唐闸镇工业区，拥有十多万亩耕地的通海垦牧公司，兴办了"复旦""河海"等十余所大中院校，每年获得的利润，仅大生就三百七十余万两。当时国外发行的世界地图，中国许多大城市都看不见，而"唐家闸"一个弹丸小镇，却因为謇公赫然在目。

謇公却不满足，他信奉"天地之大德曰生"。他想以现有的企业为核心，不断扩大再生产，最后形成制造业、交通业、盐垦、农田水利业和金融服务业多业共行的大生集团。再以实业为基础，

"父教育、母实业"，建设一个区域的理想社会。实现这一目标，须有土地和原料做支撑。无巧不成书，远在苏北的草堰场，也有人在积极谋划着。面对海岸线不断东移，盐业日益衰败，垣商周扶九、刘梯青等人审时度势，做出了一个大胆抉择——废灶兴垦，邀请謇公前来主持。这真是想睡觉有人送枕头，謇公的愁绪烟消云散。

　　面朝大海，春暖花开。站在广袤的滩涂上，謇公似乎已看到一块块土地绿意盎然，一排排厂房平地而起，男耕女织、父慈子孝，梦想中的伊甸园已经到来。

　　然而，废灶兴垦需要大量的资金、技术和人力。尽管謇公是前清状元，可是名气不能当钱用。况且那个时候，政令都不能出南京，军饷尚且发不出，谁还有心关顾这不入流的工商业？謇公的伟大就在这里，越是难办的事，越要去挑战。他又像当初创办大生那样，四处奔走，大声疾呼，发动人们有钱出钱，有力出力。他利用通海垦牧公司的成功经验，采取"集股聚资，法人治理"的举措，将社会游资转化为产业资本，并说服中国银行倾力扶持。他领衔成立"农垦银行团"，组织数十家财东参与其中，把总计六百万两资金用于开垦。其中，他举大生纱厂全部积累，用来经营垦殖事业。在他的感召下，中国有史以来第一家农业股份有限公司——草堰场大丰盐垦股份有限公司，终于在1917年羽化成蝶。这是一场现实意义上的产业革命，她为中国农业经济体制由封建小农经营向资本主义大农业经营的过渡，树立了一块跨越社会时空的里程碑。

　　废灶兴垦，重在河堤。开垦前的临海草荡一马平川，涨潮时泽国一片。据史料记载，仅清雍正二年，一次潮汐就淹死灶丁近五万人。因此沿海兴垦，首先必须解决防潮、防洪和排涝。那段日子，謇公的案头、床边堆满了相关书籍，一有时间就反复研读。同时，他还大量吸取国外经验，引进国外的专家和技术人才，同他们一起研究规划，认真施工，确保农田水利建设布局合理，设施先进。工程实施期间，謇公常常不顾羸弱之躯，亲临一线督查指导。七年间，大丰共建筑外圩堤三百二十一公里，涵闸九十二座，桥梁六百九十座，道路一千三百一十千米，河道一千七百六十千米。至今，这些水利基础设施，仍在恩泽着大丰人民。

废灶兴垦需要大量的劳动力，尤其是有植棉技术的劳动力。为解决这一问题，謇公想方设法引导灶民学习农耕，同时还从海门、启东等地动员移民数万人。这些移民不仅有着丰富的植棉技术，还有着先进的思想观念和文明习惯，对灶民的改变起着极大的促进作用。中国近代曾有"闯关东""走西口""下南洋"三次大移民。而像謇公这样不为政治和军事目的，时间集中、规模巨大的移民，在中国移民史上仅此一次。

1919年对于大丰来说，是个值得纪念的年份。这一年，大丰盐垦公司开始植棉，首次种植面积就达六万亩，开启了兴垦植棉之先河。过后，大丰又相继成立了何垛场通济盐垦公司、丁西场遂济盐垦公司、小海场通遂盐垦公司。连同大丰盐垦公司，四个公司的董事长都是謇公兼任。至此，大丰沿海的经济结构发生了重大变化，由盐转垦、盐垦兼营的生产模式，不仅划亮了大丰经济发展的天空，也划亮了国人文明幸福的未来。

"立国由于人才，人才出于立学"，这是謇公的一贯理念。他把"实业"和"教育"放在同等位置，实业办到哪儿，教育跟到哪儿。盐垦公司创办初期，謇公就把教育放上议事日程。举办师资培训班和大丰义教实验区，并把师资培训班的学员派往各个盐垦公司，办成了十九个初级小学。这种重视教育的做法，形成了良好的传统，对盐垦地区的发展，产生了深远的影响。

謇公一生创办了二十多个企业、三百七十多所学校。三十年间参与的企事业数量高达一百八十余家，囊括工业、垦牧、交通运输、金融商贸、商会民团、文化教育和公益事业。许多学校和机构的创办，在当时的中国首屈一指。毋庸置疑，謇公是那个时代的杰出典范，是名副其实的"状元实业家"。胡适赞誉他："独立开辟了无数新路，做了三十年的开路先锋，养活了几万人，造福于一方，而影响及于全国。"

"湖田处处鸭阑遮，一片菱花间藕花。养得鸭肥菱藕足，一年生计抵桑麻。"这是謇公的诗作。乐坏了。看看，对于一个实业救国的伟丈夫，即便作诗，都是这种鸭肥藕壮的现世安稳。

写稿到夜深，起身续茶揉揉酸胀的眼，窗外月儿才是弧形，月华却不容忽视。明天就去卯西河畔的张謇广场看看。正是草长莺飞的季节，阳光下的五面汉白玉巨幅浮雕定会愈发夺目，带着我们穿越百年。

## 此情可记　师恩难忘

傅振举

我家的相册里，珍藏着一幅二十多年前，我与恩师天衡公及师母的合影。这虽然是一张普通的师生合影，但于我个人来说，却是张意义非同凡响，记录着我人生历程中最难忘、最幸福瞬间的珍贵照片。

记得那是1992年5月的一个初春时节，广袤的苏北平原正从漫长的冬季中渐次苏醒过来，尽管尚有点春寒料峭，但春的气息已在升腾，万物复苏的因子正趋活跃，和煦的春风吹拂在人们的脸上，使人心旷神怡。这注定是一个值得人们期待的美好春天。

在这年春季里，一代伟人、中华人民共和国开国总理周恩来纪念馆在其故乡——江苏淮安正式开馆。一时少长咸集，嘉宾如云，可谓盛况空前，在海内外引起巨大轰动。是时，我国当代著名书画篆刻大师韩天衡先生，受到中共淮安市委、淮安市人民政府的热忱邀请，偕夫人应丽华女士来到了淮安，拜谒瞻仰新落成的由邓小平同志亲笔题写馆名的周恩来纪念馆。韩天衡先生时任上海中国画院副院长、上海市书法家协会副主席、国家一级美术师；现任西泠印社副社长、上海市书协首席顾问、中国艺术研究院中国篆刻艺术院名誉院长、中国社科院研究生院教授、上海交通大学教授等。其作品曾获日本国文部大臣奖，2014年荣获中国书法兰亭奖艺术奖。曾先后多次在中国香港、中国台湾、中国澳门等地区及日本、新加坡、马来西亚、德国等国举办个人书画印系列展览及讲学。2001年，他受命为上海APEC会议治印，并作为国礼由江泽民同志赠予与会各国元首。其作品被大英博物馆等收藏。已故我国当代著名书法家、学者启功先生于1986年曾赋诗称赞韩天衡先生，诗曰："铁笔丹青写太虚，纵横肯綮隙无余。周金汉玉寻常见，谁识仙人石上书。"

韩天衡先生对敬爱的周恩来总理怀有深厚的感情，在纪念馆面向全国征集名家字画之初，先生即饱蘸浓墨，用其如椽之笔深情写下了自作诗句："百年寿，千秋光，永不朽，华夏之民仰首望。"如今，韩先生的这幅手迹被勒碑镌刻在周恩来纪念馆书法碑园，供人们参观。其时，韩天衡先生还随身拿出一方自己珍藏多年的、周恩来在1946年寓居上海思南路107号"周公馆"时曾使用过的砚台，并向陪同的地方领导及纪念馆的工作人员讲述了这方砚台背后的故事……如今，这方周总理曾使用过的砚台正静静陈列在上海嘉定区"韩天衡美术馆"，向人们默默述说着其承载的历史信息和名人逸事。

正是因为有了韩天衡先生的淮安行，经友人引荐，我才有幸拜识了这位自己心中一直崇敬的艺术大家。其间，我拿出自己的书法习作，请教韩先生，先生对我十分和蔼慈祥，悉心指点，使我茅塞顿开，获益匪浅。融洽的氛围，对后学的关爱，遂促使我斗胆向韩先生提出拜其为师的想法。韩先生见我诚恳谦和，好学上进，欣然应允。于是，我和爱人丁琼向先生与师母行拜师礼，却被老师急忙趋前，一把扶起，并和颜悦色地对我说："现在是新时代了，移风易俗，不兴这个，你们就不必下跪叩头了。"韩先生一番亲切自然的话语，一下子拉近了师生之间的距离，使我们俨然成了一家人。

1992年5月11日，是我学艺生涯中永远值得铭记的一个特殊日子。这一天，经韩天衡先生的同意，我于当日中午在自己家中置办拜师午宴，由本乡著名国画家丁洒武先生等参与见证。席间，气氛热烈，谈笑风生，其乐融融，友人乘兴为我们摄影，于是便留下了定格于我个人学艺生涯最珍贵一瞬的拜师合影。

岁月荏苒，时光如梭，弹指一挥间，不觉已过去二十三个年头。当年精力充沛、才情横溢、名满海内外的韩天衡先生与我的师母如今已两鬓染霜，步入祥和安逸的耄耋之年。可我当年拜师时的情景却深刻于脑海，记忆犹新。

唯愿吾师健康长寿，福如东海。是为文，以记之。

风　情〈〈〈

## 血脉大运河

王剑冰

一

嘉兴所在的江南大地，河汊如网，银波漫漶，从高处望去，会看到叶脉一般的莹绿碧蓝。这里分布着上塘河、钱塘江河口等四大水系的五十七条主干河道，相连着一百四十多个大小湖荡，直把嘉兴润泽成一片锦绣。而贯穿其中的，就是大运河。

从杭州出发，我知道西湖的水是连通着运河的，运河的另一头则连通着大海，美、悠长和广阔构成了三维效果。

人们选择自己的生存环境，更多的是依存山川俯仰的变化。运河首先表现出了人类对自身命运的挑战与安排。它借助了当权者的突发奇想，更多的是借助了普通劳动者的智慧与精神。既顺应江河竞流的法则，又顺应人类生活的自然，无疑是多年来得以见证的综合着多种艺术的精品。

在帆影点点、号子声声里，不知有多少生活展现出了生机，有多少平民改变了自己的生活状态。而一个个城市和集镇也就应运而生、而勃发、而繁盛。更有了理念上的变化，很多人从传统的农耕经济转向了商运经济。这是一个时代的转变。运河边和黄河边、淮河边上人们生活的价值趋向，就此有了不小的分歧。

终于看见了那条不同于细水河汊的河流。它不张扬，不凶猛，也并不宽阔，并不流急，并不清晰。但它舒缓，它和畅，它大气；它秀美，它淳厚，它沉静。

在单位面积中，它比任何一条河流都更善于容纳，那是少见的"繁""忙"，非是水流的繁忙，是船只的繁忙，聚如鸭、行如鲫的繁忙。总能见到一只只的船首尾相连，成排成串地来往穿梭。并不是很窄的河面，常常是三排相交而又互不相扰。

船只这么近又这么悠闲地通过水面，只有在运河能够看见。如是大江大河，早早就互相鸣着警笛，小心翼翼远远躲避了。大海上的航行两船躲闪的紧张度更不用说。独大运河给予了航运这般宽厚的待遇。这也像极了江南舒缓柔静的特性。我不止一次地看到一只只满载得不能再满的船只，水波已经漫上了舱板，而船还在平稳地穿行。如遇大浪，它会随时沉没于水面。似乎行船人太了解大运河的秉性了。

这就是大运河，一条古老的而又承载丰厚的母亲河。

七百年前，意大利旅行家马可·波罗没有忘记在他的游记中写上对运河的赞赏："这条交通线是由许多河流、湖泊以及一条又宽又深的运河组成的，这条运河是根据皇帝的旨意挖掘的，其目的，在于使船只能够从一条大河转入另一条大河，以便从蛮子省（浙江）直达汗八里（北京），不必取道海上。这样宏伟的工程，是十分值得赞美的。然而，值得赞美的，不完全在于这条运河把南北国土贯通起来，或者它的长度那么惊人，而在于它为沿岸的许多城市的人民，造福无穷。"

马可·波罗没有想到，他所称的蛮子省，早已成为人们向往的人间天堂。水，给了这块土地丰沛的养分，它润泽了这里的一切。

沿着杭州到嘉兴的这段最江南的运河走，让人感觉不仅仅是一种地理的探寻，也是人文的探寻。多少年前，我偶尔去了一趟苏州，就激动得要命。而在这里，随便自哪个码头上岸，都会见到苏州的小景。

那种小桥，拱身的、平搭的或直角相依的；那种回廊，遮雨也遮阳的，有的廊边还有美人靠，不定哪个女子斜倚着歪头看着什么风景；那种木格子的窗子，一扇扇的全开或半开着，挑起的横竿上，是表示着现在生活状态的各种色彩的衣裳；那种白白的墙灰灰的瓦，瓦上常会有一阵急雨弹跳，在晨阳中闪现着珠光；更多的是花，自各家门前或台阶上艳丽；更多的是绿，树的绿，竹的绿，将江南的美掩掩映映。

江南巷子多，窄窄的巷子要么临水，让桥或廊挤得弯曲；要么临家，在楼上可对窗说话，接书传信。巷道多石板，被岁月磨得凸凹不平，亮光闪闪。而江南的雨也如这巷子，总是细细长长地淋来。也就总见有各式各样的伞，给这江南添景加色。

不断地穿过一个个石拱桥，桥有些年头了，很多都建于宋明两代，至清又加，形成壮观的景致。名字也叫得好：望仙高桥、司马高桥、青阳桥、青云桥……先自远处看，总为高扬的风帆担心，怕过不了桥孔。到了近前，才看出这桥修的实在是高峻雄伟，大都有十米的孔高，七八米的帆篷可直竖而过。于桥下仰望这石构建筑，似有横空出世之感，至远了回望，又似长虹卧波。圆的桥洞，方的石块，弧的桥背，和谐优美的曲线，与长河相映成趣，形成江南繁盛而恬静的独特风光。

塘岸与河也相衬成景，塘路又称纤路，当巨舶行河，除风帆外全靠人工背纤。一条载重十几吨的货船，就有一二十丈的纤索，由数人背拉前行。那个时候，河中舟楫穿梭，纤塘上也就纤索交错相接，热闹而繁忙。如遇拱桥呢？那桥洞下早修了纤盘石，拉纤人可直接钻桥洞而过，省去了收纤换缆的麻烦。现在运河航船早已是机器带动，拉纤的影子只有在幻觉中想象了。

塘岸又是一条得天独厚的官道，自嘉兴可直达杭州。因而这道上就越修越出彩，不仅有各式各样的亭子，各式各样的驿站，还建起了崇尚节烈、旌表嘉言懿行的石牌坊。岸上的景物装点了日夜流淌的古运河，并为其披上了一层典雅肃穆的庄重感。遗憾的是，我只是在古旧的图表上看到了这些。

运河两岸多桑树，春日里，采桑女或倚树攀枝，或伸竿弯够，将一个个身形显露无遗。就有不远河道上的船夫，扯着嗓子喊一些只有江南人才能懂的话语。采桑女们只管抿了嘴笑，将一把把嫩嫩的桑叶丢进篮里，一些叶子飘落在了水里，晶莹剔透，映出了采桑女子的心境。

更多的是柳树。柳在风中飘荡着，让人想到一些为远行的商船送行的女子。柳、留同音，古诗中，柳早就代表着送别之意。长在运河边同长在霸陵边的柳是一样的。一枝枝的柳，像疏落的结绳记事，记录着运河的沧桑和人间冷暖。

占据视线最多的，还是运河中的船。大的，小的，连串的，单只的，各有目的，又各自随意地自在于水中。无浪的水，让这些船极大地满足了自家的愿望。

一溜儿的船飘红挂绿、张灯结彩地过来。原来是船家娶亲，一对新人笑立船头，向两边船只和岸上观者不停地招手，也就有人叫着笑着起哄，鞭炮和鼓乐响起来，构成独特的运河风情。

## 二

江南河流的有序构成了人们与水的贴切。

只有江南人如此近距离地与水相依相生，他们从没有想过水会相扰他们的生活。而在别的地方，人们对水总是会退避三舍，那种畏惧感时时会因着事实而更新。

想有一段清闲的时日，乘一叶扁舟，顺了运河慢慢地漂，慢慢地体验运河所能带给我的联想与兴奋。在我的感觉里，运河是灵动的。它的每一叶曲线流畅的帆影，每一声水花欸乃的桨音，每一种自如自在使船的姿势，以及岸边的忙碌、窗户的开起、翘首的顾盼、撑起的雨伞和突然不知自哪枝花间飞亮的歌声，都会让我有一种瞬间的触动。

大运河，它原本是一条长久在虚幻中的河流，就像黄河，让我感到一种宗教的色彩。它使万物变得张扬，使悲观变得自信，使渺小变得伟大，而你又很难抵达它，当真实变得触手可及，真实又仿佛在这一刻远离了。

大运河穿嘉兴城而过，并以一个九十度的几何形体将南湖揽在怀中。南湖是大运河丝带上的明珠。唯此南湖，早已名闻天下。明代胜时，"湖多精舫，美人航之，载书画茶酒与期于烟雨楼"。湖、画舫、美人、烟雨楼，可谓风光无限。

有水就有荷，荷是高洁之物，人人喜爱。于是便有了荷花生日，是农历的六月二十四。那天，会有四面八方的船客会聚南湖，将自家做的花灯置于湖面，让它载着一片美好的祈愿悠悠远去。那可真是诗一般的妙景,让每一个人都有一种不同的妙想。漂漂而去的花灯,更像湖边少女们的心事,在夜风的吹拂下,忽明忽暗,渐渐地不知消逝在何方。

每逢清明和中秋,在嘉兴的莲泗荡,总会举行各种各样的祭祀活动,让水乡的百姓有了一个结亲交游的机会。人们把这叫网船会。网船,是江南渔船的一种。我在南湖登上"南湖红船"时,不经意间看到了"网船"二字。原来网船还有这么讲究的内部,设计是如此精巧。

往往有北至江苏、南到舟山的万余艘船汇聚于此。船上都插着绣有金龙的曲边三角形旗帜,有些船头还插着黄绸伞盖,刘王庙前的空地上也会插了各式各样的旗帜。盛大的船队,浩大的声势,和风吹拂,幡旗联翩,将人们的情绪掀扯得飞扬,庙会的气氛也烘托至高潮。

更有嘉兴的船歌,在月上柳梢、风平浪静的时候这里那里地唱起,把人引入一种迷梦般的境地:

> 月儿弯弯照嘉禾,
> 扁舟湖上荡清波。
> 有心开口唱一曲,
> 不知哪条船上和。
> ……

这歌声浸入幽雅的吴乡越境,让荡漾的水波更显得生动。难怪元朝大书法家赵孟頫到此有句:"秀州人家知几多,郎君儿女唱山歌。"写这首诗时,他的笔下一定波光闪烁,情绪高扬。到了明代,来了一个戏剧家汤显祖:"不知何处唱歌好,东栅平湖日夜船。"他许是来采风的吧，想找一处能对歌的地方，促一促自己的灵感。轮到了乾隆下江南，更是把嘉禾当成必须踏访的所在。当大运河上的龙舟经过的时候，他专意让拉纤者放慢了脚步，要听那时隐时现的吴侬船歌。

> 徐牵锦缆过嘉禾，
> 隐隐时闻欸乃歌。

运河两岸本就是鱼米之乡，大运河开通，稻花飘香的嘉兴更是成了国库粮仓，清雍正《浙江通志》记载有通过运河漕运的纳粮情况：杭州府辖九县，交纳漕粮十四万三千八百多石；嘉兴府辖七县，交纳漕粮四十一万七千九百多石。嘉兴的突出可见一斑。

大运河两岸，不只是鱼米丰乡，还有两个字更让人唏嘘，那就是"丝绸"。

桐乡的罗家角文化遗址中，竟然找出了七千多年前的桑孢粉遗存。这说明这里很早就有了蚕桑丝织。整个中国，杭嘉湖地区就是江南著名的丝绸之府。李白有诗："越王勾践破吴归，义士还家尽锦衣。"可见在嘉兴这个吴越竞争之地，胜者是穿着丝质的花衣凯旋的。就因为有了江南丝绸，才有了水上和陆上的丝绸之路。想象不到，驼铃叮当的大漠孤旅中，一条丝线竟然是由这里串起。

有了丝绸业的兴盛，才有了蚕花风俗。蚕花歌，蚕花戏，蚕花灯，还要选蚕花姑。赶庙会那一天，姑娘们盛装打扮，头上扎着蚕花，身上带着蚕花，一个个脸儿激动成一朵羞羞的蚕花。不定在这一天，会有多少小伙子从中寻到自己的所爱。

柔美的水和丝光的绸，把江南人养成了和善温雅的好性情，他们连亮嗓呼喊、连拌嘴、连笑声都是动听的很哩。

## 三

20世纪70年代,一列由上海开出的火车驶入了嘉兴的一个小站。

一位步履蹒跚而面容俊朗的老者走出站台,接过随从递过来的小瓶黄酒,又从怀里掏出一包马粪纸包着的花生豆,静静地坐在站口的台阶上。

乡里接站的人来了。老者终于又看到了大运河。他被扶上一条小船,而后顺着大运河缓缓前行。这还是用手扶拖拉机上拆下来的柴油机做动力的船。单缸做功的声音很大,直把人的耳朵灌满。老者却依然显得兴奋,眼里有了一层泪花。他知道,大运河拐九十度弯的时候,就到了他的石门。

30年代,他将两坛黄酒搬上一条小船,就是从石门沿运河而下,开始了一位艺术大师的漂泊之旅。这次回故乡,该是最后一次了。他是要了断一种思乡的情结。不久,这位老人溘然长逝。他,就是丰子恺,嘉兴众多值得说道的名人中的一个。

呆呆地望着这雨中的巷子,不定哪一个巷子里,便会走出一个人物来,嘉兴的名人可谓多矣。怀着渴望追求《雪花的快乐》的徐志摩出自海宁硖石镇;穿着长衫寻觅于《子夜》的茅盾从桐乡的乌镇走出;揣着《观堂集林》的国学大师王国维生于海宁的双仁巷;自《书剑恩仇录》成为大侠的金庸,故乡是海宁袁花;还有沈钧儒,还有李叔同,还有李善兰……有人说,中国现代文学史的领军人物,浙江籍的占了一半以上,而嘉兴籍的又占了浙江的一半以上。

这些人物出生在大运河边，又借助大运河走向四方。许就是这样一种摸索人生把握社会的模式，把他们铸造得格外与众不同。为此他们难以割舍心中的一片乡情，总是要在生命的重要阶段走回大运河边的家乡来。徐志摩十五岁外出求学，与陆小曼伉俪新婚，把度蜜月的地方还是选定在了家乡，那是对妻子的一种幸福的显摆。

　　船行运河，远远看见了望吴门城楼。就有一个女子翩翩而来。她是众多的临水浣纱女中的一位。而她长得实在是出众，以至排在了中国古代四大美女的第一位。

　　春秋末期的吴越之战，越国战败。越王勾践打造卧薪尝胆的故事的时候，又一个凄婉的戏剧上演了。西施这位越国美女走上了历史的舞台。此后，不管是王昭君，还是杨玉环，便都与重大的历史事件交织在一起。有人指着岸上一个地方，说是"歌舞庙"，是西施入吴前专门练歌习舞之处。为了能赢得吴王欢心，越国人可谓绞尽了脑汁，将一个浣纱女，培养成一位能登大雅之堂的大家闺秀。长袖飘飘，柳腰柔柔，不知一个女子当时是何样心情。在桐乡一个细浪推涌的岸边，还有"洗足滩"，说是西施洗脚的地方。好笑了，一个女子成了名人，连洗足之处也成了古迹。当年也就只有乡姑能在水边褪去鞋袜，自然地濯足浣洗。换了身份，西施赤裸着一双秀足在水边的美姿，只能留在人们的回味中了。

　　一个柔弱的女子，她的命运就是将自己变成一个礼物，献于敌国的国王。乘舟行到吴越边界，吴国的车队已经等候了。西施弃舟上岸，登门楼回首，望见的是山河破碎的家乡，朝北望，则吴国此去前途迷茫，不禁潸然泪下。

　　这些临水之地，随着运河的开挖，又成了运河的一景。如今人已去，望吴门还在。名字也不是一般人起的，相送西施的越国大夫范蠡由吴返越，见不少越国百姓仍在楼上翘首北望，内心感动，便将此门叫作了望吴门。大运河的水波承载了太多太多的故事。无论是写一部运河史还是江南史，嘉兴段都会是中国历史典籍中厚重的一章。

翻开介绍嘉兴的文字，有一句话说得好，万里长城与京杭大运河像一撇一捺，正构成中华版图上一个巨大的"人"字。

现在看来，长城的一撇，更多地成了某种观赏物，而京杭大运河，却是造福至今的利民利国的一捺。

说起来这个"人"字，应该是由秦始皇开笔。人们只知道秦始皇修筑长城，对他的开凿江南河道却知之甚少。一个人能把两件历史上的大事担于一身，不能不说其有过人之处。秦始皇统一六国后，曾数次东巡。唐《元和郡县志》称：秦始皇东巡时到丹徒县，"初，秦以为地有王气，始皇遣赭衣三千人破长陇，故名丹徒"。无独有偶，当秦始皇出巡到吴越之地的嘉兴，又听说此地有天子气，而调出囚徒数万，开凿人工河，以再次掘断天子气。这种做法，使长江与钱塘江水上渠道的沟通在秦代基本形成，由此奠定了江南运河的走向。秦始皇开凿运河乘舟东巡的政绩，不可被防备造反的说法所遮蔽。

接下来，京杭大运河引出了隋炀帝的登场，这位始终有着争议的帝王以他的孔武与残暴，同时也以他政治家的智慧与谋略，将被称为蛮夷之地的江南变成了隋王朝的金腰带。嘉兴从此与大运河紧紧相连，成为江南的膏腴之地。

传说中的隋炀帝贪恋江南的繁华富庶，运河巡游极尽奢华，不仅带有大批的嫔妃、扈从，还异想天开地让上千美女与数千嫩羊沿河拉纤。这简直就是一种想当然的儿科行为，或可是后人对其厌恶而成的一种笔误。隋炀帝出游江南的场面，《资治通鉴》有记："龙舟四重，高四十五尺，长二百尺。上重有正殿、内殿、东西朝堂，中二重有百二十房，皆饰以金玉，下重内侍处之。"极富张扬的隋炀帝，恨不能将整个朝廷都搬运到龙舟之上。可以想见，在中国乃至世界的河流上，没有一条河能像大运河这样繁闹过。舳舻相接，百里绵延，旌旗蔽空，鼓乐喧天。在长长的历史画卷中，沉寂的江南一次次会被当权者的兴致搅醒。当然，从积极的角度看，这也给江南带来了活力，带来了发展。

历史走到了乾隆时期。这位风流皇帝对大运河表现出的兴趣更不同于一般，他的行踪也更让人关注。六次下江南，四次他都住在陈阁老家的安澜园，并御笔题匾、作诗："名园陈氏业，题额曰安澜。至止缘观海，居停暂解鞍。"乾隆就此颇感安逸地住下了，他住的十分舒心，有走运河的舒心，有观海潮的舒心，或可也有归家的一种舒心吧。

有闻传道，其父雍正为皇子时，与陈家的关系甚好。"会两家各生子，其岁月时皆同。雍正闻悉，乃大喜，命抱以来，久之始送归。则竟非己子。且易男为女矣。陈氏殊镇怖，顾不敢剖辨，遂力秘之。"《清朝野史》记载，乾隆帝乃陈阁老（元龙）之子，雍正帝以女调包。雍正即位后，对陈家十分宠眷。到乾隆时期，待陈家就愈加优厚。陈家也就有"一门三阁老""六部五尚书"之誉。那么乾隆的江南之行，无非成了一次次地拜望。当然这只是一种传说，得不到什么证实。好笑的是乾隆后来又下旨将安澜园绘成图带回北京，仿建于圆明园中，亦称"安澜园"，不能不说他对此园的情有独钟。其还赋诗曰：

安澜易旧名，重驻跸之清。御苑近传迹，海疆遥系情。来观自亲切，指示泊分明。行水缅神禹，惟云尽我诚。

诗中流露出的情感灼灼可见，那是一种何样的牵系，只有乾隆爷知晓了。正史对此总不好直面。也许只有大运河清楚乾隆下江南，是因为割舍不下大运河独特的魅力。

宫里园里待久了，享受这般自在与辽阔如何不心内翻波澜。乾隆的母亲贵为太后，随乾隆游历了一次大运河，竟还痴迷万分，向皇帝要求说："大运河归我。"在自然永恒的规律中，活不了一百年的皇太后，好笑地把这条美丽的河流视作了自家宝贝。

然而，秦始皇挖掘后的威仪远去了，隋炀帝的豪奢远去了，乾隆六下江南的浮华远去了。纤夫们低沉的号子、宫女们辛酸的香汗也随着水流远去了。而大运河仍在，星月斜照，水波翻涌，时光永恒。

一个嘉兴，不长的一段运河水系滋润的土地，早已让我沉迷万分。它的底蕴太深厚，在有限的时间里，我不知道该先看何处，从桐乡丰子恺故居出来，我才知道，乌镇也是桐乡的，我想提议去乌镇，但同行的说，就半天的时间了，还有海宁呢？那时我尚不知海宁有那么多的去处，那么多的说头。最后我连走马观花的时间都没有了，只好留下许多的遗憾。

我只是打开了江南这部大书的封面，而嘉兴这一段运河，只是这书的一条窄窄的书签。

## 乡 贤

麦 阁

江苏省宜兴市闸口乡北渠村，吴冠中故居坐落在此。今年仲春，为表达对先生的追思与敬意，特意专程前去拜访。

我是第一次去。黑陶说，已经翻建过了，我几年前来时，只就一间小平屋，就像我们早年塘溪乡下的格局，房子是在一排的，吴冠中的房子，就在中间。从前门穿走至后门，就是有片片庄稼的田野。

修整后的故居显然扩大了不小的规模，雪白围墙四周环绕。

遗憾的是，先生故居的门，是紧关着的，我们进不去。虽然从花窗里看进去，看得见里面有人，却看不见对前往者的热情，好像是与谁在赌着气。

我们没好意思多打扰，只从花窗的缝隙间略略向里探看。心里默默地向先生致敬。经过扩建后的回廊，红漆的木柱，太阳下的发亮植物，绿意盎然，让人感到亲切与自然。

除此以外，看不到更多。沿着白色围墙，我们走了整整一圈。正是江南春好时，周围，一树又一树的紫色泡桐花，像没有坠落的某一束烟花被悬挂枝头。围墙后面，是季节里最常见的江南作物。套用鲁迅的行文风格来表述——左半边的田野里，种着油菜和麦苗，右半边的田野里，也种着油菜和麦苗。

从未曾谋面、一生都在东西方两种绘画艺术之中潜心探索、求协调与相融，并取得成功的乡贤，从这里——中国江苏省宜兴市闸口乡北渠村走出去，一直走到遥远的法国……

然而，不管他再走多远，也似乎总能让我感到某种由衷的亲切。真诚、质朴、坦率的为人；对艺术的严肃、执着、热爱与奉献，都让我由衷钦佩。

吴冠中这个名字，在我听来颇具宜兴"地方味道"。如若让我说得更直白率性一些，那就是"有点土"——用一生的追求、努力与坚持，最后靠自身的实力赋予了这个姓名以国际化与独特魅力，那是后来的事。

《水乡青草育童年》是先生在绘画之余，写就的很多美文中的一篇。记录了他当年以优异的成绩，考取太湖边有名的无锡师范、离开宜兴市闸口乡北渠村的最早经历——他的当时做小学教员的父亲，和他的姑父，摇着一条小木船，在橹声欸乃的水上，送他前往无锡。第一次、也由此，他告别故乡。

寻找与他有关的文字来读，只为对他有更多了解。

早年，他受教于林风眠与潘天寿等大师，其文化修养与艺术训练都是中国式的；而后来在巴黎的三年留学生活，则将他领进一个完全陌生的西方美学天地。像他这样一个艺术感觉敏锐的人，不受冲击、不为所动，显然不可能。很多难忘、深刻的东西在他的体内交织。相关人士用稍微专业的眼光，系统地看他的作品时，都很容易就可以看到，两种艺术在他那里的最初正面交锋。二者，初时于他，无疑形同水火。

鱼与熊掌单取其一，踏着别人的脚印走，自然要容易得多，那该是多么轻松啊！可他知道，作为一个从事艺术创造的人，真正的价值是什么，唯他，偏偏要另辟蹊径。他两个都要。

坚持，渐渐互相妥协、融合，形成自我风格。融东方的水墨与西方的油画为一体。这是一条漫长的路，是他一辈子的大事。世界级绘画大师的称誉，他最终得到了。就像得到别人的尊重一样。

同时，一直看重文学功能与素养的吴冠中，曾有言说，一百个齐白石也抵不过一个鲁迅。他同时也是一个热爱文学的人。而且，他有言必行，有行必果。《吴冠中文集》《美丑缘》《吴冠中散文自选》所体现的在文学艺术上的高度，绝不会比他在美术领域差去丝毫。

代表作《古代英雄的石像》《桥之美》《水乡青草育童年》等等，不知惠泽了多少不同年龄段人的心灵。也难怪他自己曾有过如下猜测，说是在时间的推移中，他的散文读者会超过他的绘画赏者。而实则，一个画家或文学家，所杰出之处恰恰是一样的，他们的成就，绝不会是限于画面或篇幅，感人与让人动容的东西，自会从画面或篇幅中"外溢"，这才是让人真正无语的说服力。而这个也非一般凡夫所能做到，它需要丰厚的修养与学养做支撑，需要独特的感悟与人格魅力去孕育。而这些，就我个人以为，吴冠中无疑也做到了。

他是独特的。

独特了就同时孤独！能够同道、相互理解的人太少了。对于美术界的光怪现象，他是要说的，他是真正的艺术家。才不会和那些只随便披了一件外衣的人去凑在一块儿。

"美协，画院，他们为艺术的服务又体现在哪里？他们的活动就是搞展览、大赛和评奖……再这样搞下去就跟妓院一样——出钱就给你办……这样一个泥沙俱下垃圾箱式的环境里，伪艺术家泛滥，空头美术家、流氓美术家居多，真正好的艺术作品却出不来……"

在生活上节俭朴素，在艺术上探索先行。真正热爱、尊重艺术，敢说话，说真话，这是学贯中西的艺术大师、乡贤吴冠中一生所持的禀赋，也是赢得世人尊重的地方。

在江苏省宜兴市通往丁蜀镇、被绿色植物掩映的湖滨公路旁，现今建有吴冠中艺术馆。

我也曾去那里看过先生的画，尽管大都是复制品，仍使人屏息凝神，激起浮想联翩。看得出，江南的一草一木，是常萦先生心间的，他的线条，时而像在风中自由飘荡，时而像在空中迅即拂过的轻烟，在即将逝去的霎时，忽然又没有预兆地转向另一方向。在垂柳烟雨的江南长大，对于这些，我都并不陌生。也由此更为叹服。

青山绿水间的白墙黑瓦，江南的诗情与深情，他用极为个人的另一种形式吟唱。色彩与点、线的自如运用，是他对故乡江南的别样感情依附。

惜墨如金，又酣畅淋漓。在那里看先生的画，让我再次想到、并学习了这有关于艺术的不二法则。

言简意赅，始终是伟大精神的特征。相反，渺小精神的特征则是烦琐与空话连篇。

"吴冠中（1919~2010），江苏宜兴人，当代著名画家、美术教育家。致力于西方油画与中国水墨画融于一体的探索，东西方绘画艺术的汇集及融合，是他的鲜明的艺术特色，也是他的杰出成就与贡献。"

剥下上述这一小节先生的简介,感觉他的成就与个人魅力已远远超出于此。比如说,先生在文学上的表现,不管找出哪一篇散文随笔来看,其行文造句,情怀的深与真,又逊于哪一个现当代作家。

前几日,读先生的《归乡记》和《故乡宜兴》。清清楚楚地感觉,他是用一颗心在认识、感知自己故乡、并深深热爱自己故乡宜兴的。他是一个真实性情的人,不喜欢伪作造假。在《故乡宜兴》中,他这样写道:"……春天,桃红柳绿,村前村后,前村后村都披覆着一丛丛浓密的竹园,绿荫深处透露出片片白墙,家家都隐伏在图画中。我一直到无锡去念中学时才离开故乡,以后愈走愈远,愈别愈久,也终于体会到少小离家老大回的人生感受……"

而家乡对于自己的绘画意义,吴冠中先生是这样说的:"我画过西藏高原、玉龙雪山、重重叠叠的山城、西双版纳的节日……但我最爱画,而且年年想画的,还是江南故乡宜兴。"

"人不可有傲气,但不可无傲骨。"这句话,是同为乡贤的画家徐悲鸿先生说的。但我个人却一直主观感觉,用在吴冠中大师的身上,有着特别的贴切。

写作上述文字时,不由自主,庄重与敬重的双重心情始终默默相随。

忽然想起,在另外的阅读中,曾有以为吴冠中"并不看重亲情和故乡之情"的种种说法,而我心中的吴冠中,不只有一把傲骨,同时也实实在在是一个重情重义之人……

那日告别时,虽然也有没能进到里面去看看的遗憾,却同时也有毕竟到了这里、看到了先生故居的欣慰。

# 棣花之荷

徐祯霞

对于棣花的荷，我好奇着，并疑惑着，因此一直处于隔县观望的状态。天下美荷，多在南方，北方甚少，荷生之地，多是水源涵养之所，棣花乃旱地，何以养得了如此多的荷？更何况是千亩之荷，我一直以为这只是一个传说。

可去过棣花的人都说棣花的荷美，有水道，能划船，花开之际，一眼望不到边，只见荷头攒动，绿叶招展，真真是个美煞人也。

人如此说，我依然是有些不相信的。我始终以为，不是荷有多美，而是荷因为棣花这片土地而被人高看一眼。荷花长在棣花的土地上，贾平凹也出生在棣花的这片土地上，人因为贾平凹而来棣花，因为贾平凹的大名而仰视棣花的荷，棣花的荷便因为贾平凹而与其他的荷大大不同了。

其实，天下的荷大抵是相同的，不同之处在于生长的地域不同，生长的人文环境不同，荷便有了不同的姿态，有了不同层次的意义，很多的东西是人为强行地赋予的，与荷本身无关，但因为荷贴上了不同类别的标签，便显出各个不同了，于是贾平凹家乡的荷，便更不同凡响了，贾平凹是中国文坛著名的作家，荷便也成了天下名荷。就像是出生在有钱人家的女儿一样，一出生就高贵，即使平常，也是名媛，而一般人家的女儿，纵然是貌美如花，也只能是小家碧玉。

说句真心话，这些年见的荷多了，有私人庭院的荷，有公园的荷，有水塘的荷，更有南方的荷。尤其是在济南，看到了大明湖的荷，于是，天下的荷在我的眼里顿时逊色，大明湖的荷，那可真是不辜负传说，石桥、曲廊、画舫、古亭，无论从哪个角度看，都是最美的风景画，湖中荷韵飘香，岸边绿柳垂绦，总感觉，一双眼睛不知该往哪儿看才好，在绿柳婆娑间，远处烟波浩渺，青山如黛，在我以为，那是最好的摄影师也拍摄不出来的美，可它们却一一呈现在我的面前，让我目不暇接，忽然一副楹联出现在我的面前："四面荷花三面柳，一城山色半成湖。"这是清代书法家铁保所写，此联是对大明湖景色最好的概括，可见大明湖的荷花确实浩瀚无边，更有夏雨荷与乾隆皇帝的故事，不管这个故事是真是假，但大明湖的荷花确实是美的，确确美得令人醉心。

棣花的荷塘开放好久了，我却一直没有去，一者因为我不是一个爱凑热闹的人，二者觉得所有的荷都已然烂熟于胸，常见之物，也少了去探究它的兴致。棣花的荷于我，也正如我邻家的一个菜园子，感觉很熟悉，却不知道里面究竟是如何耕种的，哪块是菜，哪块是葱？或者还要种上几棵瓜和西红柿。因为，对于棣花这个地方，我真的不陌生，因为贾平凹，我早早地探访过它，而且在此前的很多年中，我几乎每年都要经过那个地方，于是，别人的好奇，于我都算平常，我知道棣花街在路北，荷塘在路南，我常常以为，自己闭着眼睛都能想象出棣花荷塘的样子，因此，我便觉得，我是不需要刻意去看的。

　　一个偶然的机会，来到丹凤，同行之人说要去看看棣花的荷，于是便陪同前往。来到棣花，放眼四望，原来，棣花的荷竟是不逊于济南大明湖的荷花的，我便诧异。在秦岭山中，这样一个崇山峻岭的县城，也会有如此浩瀚的江南之地，烟波水乡，确实让我吃惊不小，这个千亩荷塘，还真不是一个传说，我不仅诧异了，而且惊喜了。我常常追逐于江南的水乡，而就在我所处的商洛，也一样有着这样一个水光潋滟荷叶田田的水乡，我竟然几年视而不见，太辜负了，太辜负这片生机勃勃的荷塘了。

　　据说贾平凹的《秦腔》中的清风街就是以棣花为原形写的，贾平凹的《秦腔》在获茅盾文学奖的时候，我就急急地买来看了，时至今日，那个清风街于我还是有着很深刻的印象的。去年九月，丹凤举行民俗文化艺术节，我受邀来此，还专程在这条街上走了一遭，当再次看到"清风街"这三个字，《秦腔》中引生与白雪的形象又浮现在了我的眼前，在这部作品中，引生是一个悲剧人物，就算清风街上的"贤人"夏仁智，也在满怀忧患中去世了，农耕文化随着老一辈人的逝去而逐渐消亡。秦腔，这种在新生代中快要被遗忘的剧种，其实也意味着人们快要遗忘的土地和农村，人们都争相往城里去，土地荒芜，村庄倒空，偌大的村庄，便只留下老人和留守儿童，想到这些，心便顿时觉得沉重。

　　在思绪的转接中，大片的绿色如风一般飘进我的眼帘，不几分钟车已来到荷塘边了，我放眼望去，荷塘在我的眼前便如铺开的一幅硕大的锦画，绿荷、拱桥、长亭、游船，一眼望不到边，我静静地打量了数分钟，心中顿有豁然之象，总是喜欢江南的开阔，喜江南的无遮无拦，喜欢一眼可以看出几里外的视觉，因此，眼前的荷塘，又让我有了找到小江南的感觉，看到那些在荷塘中穿梭迂回的船只，我不禁心动起来，划船去，划船去！何不尽兴地划一回船去？在蓝天白云绿荷之间，荡舟逸情，倾听生命的开开合合，那也该是这个夏天最美丽的时光。

思罢，便急忙跑向码头，朋友看出我的意图，问，你是想坐船吗？我说是。那年，在大明湖，因为时间紧急，没能坐上船，心里一直遗憾着并惦记着，初听传闻，说棣花的荷塘能划船，我真不信，因为就自己感觉，棣花不可能有那么大的荷塘。可是，可是，棣花还真就修成了这样大的一个荷塘，看样子，在荷文化上丹凤算是做了大文章了。我也才觉得自己是坐井观天，一直以为天只有碗口那么大，而天外早已经是春花秋月，四季变换好几回了，看样子，用老眼光来看世界是跟不上时代的步伐的。

在一个女子的引领下，我们上了船，船顺着水道"嗖"地向前驶去。第一次坐船，坐北方荷塘中的船，这种感觉是兴奋且激动着的，我一边用手拍水，一边欣赏着满塘的荷花，突然想起了杨万里的诗："红白莲花共塘开，两般颜色一般香。恰似汉殿三千女，半是红妆半淡妆。"此诗恰好写出了此时荷塘的景色，水波两边，荷花开得正艳，粉的，白的，竞相在往出蹿，共争一池春色，现在正是赏荷时节，人说来得早不如来得巧，我们在无意之中赶上了一塘荷的盛宴，在这里，观赏到了荷生命中最美的姿态，袅袅婷婷，如豆蔻少女一般地绽放。

水面上有好几条船，有在前的，有在后的，我们在观荷之余观望着他们，他们也在观荷之余观望着我们，我们彼此成为对方眼中的风景，偶尔相遇，擦肩而过之际，发出一个会心的微笑，在风景怡人的地方，人的心情也是怡人的。这一笑，阳光也倾城。人生惬意之事莫过于在心情大好之际游历风景养心怡心之所。划船的是一女子，我问她会唱歌不？她说会唱，只是唱得不好，怕污了听客的耳朵。大家一听，更来劲了，说，没事，唱，只要是你唱的，都好听。那女子竟然真唱起来了："胭脂红，照天明，天上飞来龙和凤，啥龙？火龙。啥凤？火凤。大火烧开武关城，照得江水一片明。"唱罢，大伙纷纷鼓掌，连连说好听。女子声音婉转，犹如山间画眉一般，悦耳动听。女子一唱，逗得船上的人也都唱了起来，你一首，我一首，歌声飘荡在棣花的荷塘上，久久不散。

　　一群一群的鱼儿在水中浮游，待我们的船划近，便箭一般钻进了荷花丛间，我想逮上一尾，竟也未逮着，船驶过，船后又有鱼游出来，见到这些在荷丛中钻来钻去欢快畅游的鱼，蓦然想起了一首采莲诗："江南可采莲，莲叶荷田田，鱼戏莲叶间。鱼戏荷叶东，鱼戏荷叶西。鱼戏荷叶南，鱼戏荷叶北。"采莲是江南的一个生活民俗，夏秋之际，青年女子乘舟荷花荡之间，渔歌互答，采摘莲子，是一项很有趣味的生产劳动。此时，不是采莲的季节，我也只能臆想一下，其实，要确切地说，我是没有采过莲子的，因而，愈是没有机会体验的事，愈是充满着无限的好奇。我于采莲，便是如此。

　　当然，棣花的荷，于我是近的。有机会，我可以再来，或者是专门选在夏末秋初的某一个星期天，来这里体验一场采莲的过程，我想，那也应该是一件蛮有意思的事。最起码，可以了却我的一个愿望，一个对于荷的未知的探索和了解的愿望。写过荷的诗，写过荷的文章，但是一株荷从种到收的全过程，我似乎却又不是能够完全了解的。我所知道的荷，也往往是它们生命中的某一个横断面。因此，了解荷、揭秘荷一直是我想用心做的一件事。

　　船依然在行进，我们已经置身在满满的荷丛当中，纵眼四周，全是荷，挤挤挨挨，将我们簇拥着。于是，心也如这船儿荡漾了起来。有人取笑我,某人还说不就是片荷么,有啥可看呢,看看看,是不是比谁都兴奋和开心呀,说说,这一趟到底跑得划算不划算?我自嘲地笑了,连连说,划算,划算!

自此,对于一个没有考察论证过的事情再也不敢妄下断言。

一花一世界,一叶一菩提。万物都有自己的不同,在荷的世界里,每一朵荷看似相同的,其实又是不同的,生长的土壤、气候、环境以及地域地貌特征,都会让它们产生很大的不同,有的肥厚,有的瘦削,有的丰硕,有的娇艳。而在花的世界里,它们又都有着自己的生命轮回,有早开的,有晚开的,有绽尽一生风华的,也有被无情的风雨摧折的。而我们看到的,都只是它们生命中最灿烂的时刻,它们的艰辛与磨砺我们却不知。它们在成长的过程中也会有风雨雷电,甚至是人为的戕害,也会遭遇一些我们常人无法想象的挣扎与抗争,最后才得以绽放在世人的眼前,成为我们眼前最美的风景。棣花的荷,也注定是有过艰辛的,它也是从一个个小的叶片逐渐成长起来的,长成这郁郁葱葱健硕丰满的荷塘,而最终盛开成这一片灿烂的荷花。因此,任何的成长和成功都不会一蹴而就,正如贾平凹辉煌的文学成就,它也是贾平凹用心血和汗水浇灌出来的,如果没有他日复一日、年复一年的写作,他如何能著作等身?如果没有写出优秀深刻的文学作品,他又如何能够屡屡获奖?

今天,我们在看着这些葳蕤的荷的时候,似乎眼前又并不仅仅是荷,还有着荷成长的历程在里面,透过荷,看到的似乎又是一种生命努力成长顽强向上的精神。

棣花的荷,注定是与别处的荷不同的,它有着别的荷所没有的成长经历和故事,它有着自己的性格和品格,有着自己的人生故事和人文情怀。它与天下荷是相同的,又与天下荷是不同的。

正如,众生有别。

## 旅欧散记

潘国本

仲秋，大巴从巴黎开往博纳，300多公里，公路两侧，除了一丛丛绿树和少数葡萄园，只剩刚收割过的麦茬。广袤的原野，树称不上茂密，但都自在地站在各自喜欢的位置，高低着、大小着。没一点被摆布的痕迹。有与我们同向、反向的车子来去，但极目远处，只偶尔才有辆金龟子似的机动车在爬行。这样十里百里地过去，可以见不上一个行人，一个劳作农人。法兰西的那些人呢？

从博纳开向瑞士的因特拉肯，仍然300多公里。坡度小小的丘陵，麦茬逐次减少，绿被逐次浓郁，应该是莱茵河谷通往瑞士雪朗峰途中了。左边，一条明亮清澈的河流；远处，哺育欧罗巴大平原的阿尔卑斯山。河与山不离不弃，始终傍着我们。天，画作那么蓝，云，棉花那么白，云朵缥缈的山岚，荡漾在山的身边，像维纳斯的缠腰长绸，像俏皮的护士帽，戴在山的头顶。车上人亢奋了，隔窗举起手机，录下那些纤巧和梦幻。

大巴开过琉森，奔向德国边镇福森。原野上，除了树木，还有草坪，一片一片的草坪，从车窗掠过，它们依丘陵上坡，依沟壑下坎，有刚剪过的平头那么整齐，更有让人心疼的翠绿。这样一去百里，居然，没见一寸黄土和一分农田，它们连粮食也不用长吗？

　　那天清晨，我走在法兰克福美茵河边，一只黄鼠狼横穿马路，一辆奔驰正好开到这里，立即刹车，停到一边。黄鼠狼只走自己的路，头也没有扭动，它知道，汽车让它才是规矩。

　　琉森，天鹅广场附近的湖边，数以几十计的天鹅、野鸭、黑颈鸥，兴致勃勃地与岸边男女嬉戏。它们知亲知情，他们谦和礼让；它们"风来四方，卧其中"，他们在此享受城市生活。它们不用担心挨饿和追捕。应该担心的倒是那些随便抛撒食物的男女，可能会受到动物保护法的追究。

　　旅伴去巴黎"老佛爷"那天，我选择了去圣三一教堂。不大的门前公园，绿草茵茵，条凳环绕，也许是繁华腹地，中午，这里有众多当地人聚来避暑，坐条凳，坐草坪，躺草坪，或者两个对坐，有一句没一句地闲聊，都有，就是没有一处高声大语。教堂对面的露天咖啡伞下，有人旁观，有人接受阳光。坐进桌的，通常有罐饮料，不时啜上一口，也会有块三明治什么的陪着。他们好像没一件正经事要表达，也没有一个肚子在等着填饱。

　　因特拉肯也许更能代表。远处，青山参差一溜，离这里多少里路，仍见它偷眼顾盼过来。最繁华的荷黑威格商业街，寸土必争，但它的一侧，仍有块硕大草坪，在静候蓝天上的滑翔伞。仰视高空，先是一个个飞舞黑点，顷刻，黑点变成"蜻蜓"，"蜻蜓"变了狭长"帆船"。稍稍，带彩的"帆船"滑向草坪了，一个驾驶员带一位滑翔客，双脚接上草坪，助跑数步，草坪拥抱上了。人与自然的交流，可以这样完美。坐在窗台上的鲜花，一盆接一盆，对街排列，各自变幻出乖巧而秀丽的服饰。中世纪风行的欧式马车，不时通过，后边敞口的车厢，坐着上街的一家老小，边上放着参加市上交流的物品，或者购回家的生活必需品。驾车马倌，一顶传统老帽，一身古典衣衫，只牵马缰，不用马鞭，马车一摇三摆，我行我素地迈着老步，奏起"的笃、的笃"的古乐。时间对他们，都不用顾忌，驾车的、坐车的、街上人，还有马，互作风景，看和被看。

我想起2010年3月100名营销专家的那次聚会了，在赫尔辛基的海马餐厅，他们向政府提出一份"品牌报告"，一心想将偏远的芬兰打造成世界旅游胜地。他们策划的品牌，是宁静！

阿诺河穿越佛罗伦萨的时候，飞来7座跨河大桥，大桥弓起身子，年复一年，在此迎送前来朝觐的世界宾客。

佛罗伦萨是幸福的。雅典，希腊文明的摇篮；巴黎，多次引领欧洲，都未能成为欧洲文艺复兴的策源地。还有罗马，公元前2世纪已成地中海霸主，恺撒他们那个时代，已是地跨欧、亚、非。影响着欧洲和世界的天主教会和教皇，也永驻罗马，仍未能获得这份殊荣，这桂冠，却加冕给了经济、人口远在罗马之下的佛罗伦萨。甚至，意大利统一后，佛罗伦萨市还做了十一年的国家首都！

这里有众多著名广场，每个广场环绕着动辄数百年的建筑。位于圣母百花广场的圣乔凡尼洗礼堂，公元5~8世纪就有了，至少也1200多岁。广场对面的乔托钟塔，也680多岁了。44万人口的佛罗伦萨，有40所博物馆和美术院，70所宫殿和大小教堂，大约每1万人，就占有1个博物馆（美术院）和1.5个宫殿（教堂）了，那里收藏的，可都是世界级珍品啊！

成大事，当然都少不了经济支撑。这里丘陵环绕，丘陵只能长青草、喂羊，但羊毛能发展毛纺业，住在这里的美第奇家族，就以这种条件，发展成了亚平宁半岛上的豪富。与众多富贵家族不同的是，他们酷爱建筑，醉心艺术，还重视古希腊典籍的搜集、翻译和研究。美第奇家族连续涌现出数代能人。乔凡尼，不仅精于商业，更重视整个家族与教廷的紧密协作，这家族先后出过3位教皇，奠定了家族发展的资金和人脉。儿子科西莫，把商业圈扩张到欧洲、北非，他身边集聚了多纳泰诺、乔托、波提切利等大批一流人才。曾孙洛伦佐，勇敢、慷慨、智慧，在多场争权恶斗中，结识了许多幽默风趣和多才多艺的能人，他本人还痴心研读古希腊的柏拉图学说。

人才是文艺复兴的灵魂。"文坛三杰"：人称"中世纪最后一位诗人和新时代第一位诗人"的但丁，就是地道的佛罗伦萨人；"人文主义"的奠基者彼得拉克，出生于佛罗伦萨望族，父亲是本市律师；写下"文艺复兴宣言"《十日谈》的薄伽丘，父亲是当地富商。接着，近代物理的开拓者和奠基人伽利略，祖父是佛罗伦萨市伯爵。当洛伦佐登上舞台时候，又创办了以培养人才为中心的洛伦佐艺术学校，直接将文艺复兴推到了顶点。

经济和文化的发展，反过来又加速了人才的聚集。米开朗基罗十五岁被邀进宫中，和洛伦佐的儿子共餐同席，一道观摩家族的艺术珍藏，一起熟悉并结交当时的著名学者、诗人。达·芬奇十五岁家庭搬迁佛罗伦萨市，他从师乔托，也在洛伦佐的宫中度过时日。拉斐尔初有声望时，洛伦佐已去世，但他的老师，一心举荐他去佛罗伦萨深造。公元1506年，绘画三杰，聚会佛罗伦萨市。拉斐尔与这里的老师合作画出《基督受洗》，形成了现实主义与人文主义完美结合的佛罗伦萨画派。

走进佛罗伦萨，第一印象，一座老城。行道树很少，绿篱不多。石板街道随兴纵横，道不宽，路不平，也很少见有人从那些门庭进出。游览区，商店不多，店面也只一道羞涩小门，外饰简单朴素，没有一个商家，朝街张开整面大门。只有向城市纵深走去，人流才渐次密集，三三两两背双肩包的西方客，和一支支由一面三角旗引领的中国游客队伍，才络绎不绝。

佛罗伦萨是幸运的。那个建筑于8世纪的圣乔凡尼洗礼堂，数百年后，想起在它那三扇青铜大门上，做上黄金浮雕。雕塑家吉尔伯提中了这个标的。这人做事细致精美，单单一扇东侧门浮雕，就耗去他二十七年心血，以致米开朗基罗也称道那是"通往天堂之门"。开建于公元1296年的圣母百花大教堂，中央穿空直径42米，顶高138米。完成它，前后花去一百五十年和几代人的心血。教堂的中下部，本来早已完成，但穹顶久久未能收官。那时的罗马人，虽然已经发明混凝土（石灰、沙子掺和碎石），但钢筋和水泥还没问世，支撑那样大跨度的拱顶，谁都心虚。它，很长时间是一个"烂尾楼"。但一位叫布鲁内莱斯的建筑师，承接了这个烫手山芋，这人平时疯疯癫癫，不擅交际，口碑欠佳，竞标青铜门的黄金浮雕那阵，就败于吉尔伯提之手。但洛伦佐相信他，此人除了工于建筑、绘画，还精通物理和计算。在承建这个工程中，他发明了可移动的牛力起重吊车，还为减轻自重大胆起用红砖代替大理石。这样尽责尽力十四年，完成了这座占地23000平方米，可容纳6万多人的伟大建筑。从此，欧洲建筑由哥特时代跨进罗马文艺复兴时代。建于十三四世纪的市政厅大楼，本来已十分显赫，16世纪初，米开朗基罗又在它的门前广场上，以整块大理石雕塑出了代表作《大卫》。这大卫塑像，身高2.5米，连底座高达5.5米。此后，广场上又加进阿曼纳蒂雕塑的《海神喷泉》，詹波隆那雕塑的《科西莫一世骑马塑像》，以及《大力神海格力斯》等一流艺术。这些雕塑，再现了希腊神话故事和科西莫往事，让佛罗伦萨辉煌不去，活力永驻。

13～18世纪，佛罗伦萨创造出太多的世界艺术珍品，让一代代后人，不分人种和地缘，不计时间和花销，来此瞻仰、温习和思考一代精英的卓越成就。

　　佛罗伦萨人喜欢读书和运动，也喜欢随意坐在遮阳伞下喝咖啡，聊艺术。他们一年有122天假期，夏天最高气温只有摄氏三十二度上下，但8月仍有3个星期的高温假。生活，没有什么要担心的。他们不喜欢加班加点，遇上长假，会去高山滑雪、海边游泳，或者去美术馆参观。佛罗伦萨的教育和医疗都免费，连这里的牛排都会卖出一流好价。佛罗伦萨是得天独厚的，好日子也够长的了。

　　佛罗伦萨的艺术，似乎只有古，没有今。古，极辉煌，今呢？

　　他们会永远这样幸福和独厚下去吗？

## 从明珠到木乃伊

赵善坚

到过许多古城,平遥古城、大理古城、丽江古城,那些城或大或小,或旧或古,都有城的概念。有城就有市,有市就有人,有人就有商。而且古城承载着厚重的历史和文化,磁石般吸引着南来北往的游客,所以往往古城的商机还很不错。但吐鲁番外的高昌古城,与其说是古城,不如说是古城遗迹;与其说是古城遗迹,不如说是古城木乃伊。因为从唯一能认出的城门进入,目极之处,映入眼帘的是一片土黄、土黄一片。城内已经无人居住也无法居住,已没有一间可以遮风避雨的房屋,就连一片带顶的茅屋也没有。只有经历风霜、人间风雨长期侵蚀留下的高低残缺的断垣残壁,无法分清是路是巷是门是墙。

没有路,也无所谓路。只是在古城之中,你一脚踩下去,厚积的浮尘立即飞扬,不出几步,你的鞋帮、你的裤管也就布满了灰白的尘土,只有坐当地的驴拉的小板车进城。驴车沿着三道车辙向前：中间是驴蹄踩出来的，像一条长长的小沟，只是没有水，里面是厚厚的灰土，布满了拉车毛驴的碎乱蹄印，两边是终日不断的车轱辘碾出的车辙，足有十多厘米深，像一条小火车的轨道向城内伸去，更像是古城腹上始终不能愈合的长长的创伤。

坐驴车进城，倒是第一次，但完全没有赏心悦目的景致，充盈在胸的是与这城墙一样虽坍塌而不失厚实的沉重。据记载，高昌城基本规模形成约在前凉至高昌氏王朝时代，总面积达二百多万平方米。城址呈长方形，周长约五公里，可分为外城、内城和宫城，全部由夯土版筑而成。据说古城最为辉煌的年代是在唐代，当时的高昌王菊文泰曾再三挽留西去印度取经的唐玄奘，玄奘执意不肯，最后以死抗争。菊文泰在万般无奈之下提出两个条件，一是要玄奘为之讲经一个月，二是取经回来必经高昌城，并继续为之讲经。等到玄奘大师西天取经回来时，高昌王因背叛朝廷被唐王杀死，回来为之讲经是没有必要了，但取经之前的讲经确有其事，而且当年为之讲经的讲经堂就在眼前。

讲经堂是一座大约可容纳二百人的建筑，下半截是用土坯砖砌成的正方形，上面则是穹隆形，只是这穹隆已不复存在，就如草帽被削去了圆顶。孤独地立在破损败落的讲经堂内，仿佛站在历史与现代的交汇点上，真想透过饱经历史沧桑的土墙，穿越时空隧道，目睹一眼当年的辉煌，静听片刻历史的回声。然而墙还是当年的土墙，但透过已不存在的圆顶向上望去，却是"白云千载空悠悠"，历史已翻过去一千多年了……

一千多年的无声岁月，可以把很多东西销蚀得无影无踪，然而这座荒漠中的古城，依稀还能从残余建筑中辨认出那黄金时代的外城墙、内城墙、宫城墙、可汗堡、烽火台、佛塔和讲经堂等，仍可想象出当年的繁荣和昌盛。多民族共融的街衢车马相接，驼铃清脆，汇东方丝绸、青瓷与西方白玉、玛瑙于一体的店铺商贾云集，人来车往，僧侣、官员、商贩、信差、匠人杂居于此，熙熙攘攘终日不绝。因为高昌城是古丝绸之路的必经之路，是商品云集的重要口岸，也是众多商贾的淘金之地，理所当然地成为丝绸之路上的一颗璀璨明珠。

古城一定是毁于战火，这一点我是从拉驴车的回族老汉那里得到的旁证。那是公元1275年，天山以北广大地区的西北蒙古游牧贵族以海都、都哇为首的武装，曾用兵十二万围攻高昌。浩劫，一场空前的浩劫，终于把高昌城推向万劫不复的绝境。人被杀了，物被抢了，屋被烧了，城被毁了。从此高昌古城这丝绸之路上的明珠化为一具随时间而风干了的木乃伊，古城也就只存在于历史学家的文字中和当地百姓世代流传的记忆中。其实从高昌古城成为城的那一天，已注定了它必然被毁的命运，因为这颗明珠是嵌在军事要塞之上，成为兵家必争之地，使得这颗明珠必然是架在锋利的兵刃之上。设想一下，在茫茫西域，苍苍大漠之中，有一颗璀璨的明珠将会引来多少人的兴奋和垂涎！

据记载，高昌奠基于公元1世纪，是西汉王朝在车师前国境内的屯田部队所建，后经汉、魏、晋、前秦、后凉等历代的修造和扩建而渐成规模。然而在代代承建的同时又代代遭劫杀，古城就是在建与劫之中艰难地维系着，但最终还是以万劫不复的命运而宣告结束。就在历史的某一点上，这古城的命脉戛然而止，变成了一座地地道道的死城。没有树木，没有花草，没有水流，没有生命。灼热的空气，烘烤着风干的古城，那些高高低低、长长短短的残墙，就是静静地僵卧在大漠上几百年的木乃伊。

太阳渐渐西沉，黑漆漆如魔鬼般古怪而残缺的墙影在渐渐伸长，伸长，如一只只僵硬的黑手渐渐伸到心头。哦，古城，其实你不仅仅是死于战火,更是死于你的美丽和繁荣,死于人们对你的贪婪和掠夺!统治者欲占为私有,掠夺者欲抢为己有,偷盗者欲化为所有……你终于成为乌有。

战火是抢珠夺宝的最好形式和最佳理由。

于是古城人被杀、钱被抢、物被劫……

于是古城房被拆、门被卸、窗被撬……

于是古城树被砍、砖被扒、瓦被掀……

古城也就在炽热的贪欲和历史的长风中化为一具骇人的木乃伊。

就是木乃伊也没有被轻易放过,外来者又借考古为名来古城淘宝,把残存的壁画、塑像和碑文掠夺而去。高昌古城,你曾经像明珠一般,镶嵌在荒凉的戈壁大漠中,闪耀在漫长曲折的丝绸之路上,如今你是这等模样。呜呼,我只有仰天长叹,掩面而泣。

今天的夕阳似乎格外苍白,大漠中旋起的风团团而起,挟裹着滚滚黄尘,在古城高低起伏的城堡和残垣之间,在迂回曲折的街巷之中穿行,发出令人心悸的呼啸。也许,这是古城在以自己的方式回忆着丢失千年之久的繁华和喧闹,向人们诉说着压在心中千年之久的悲伤和愤怒……

## 回头望见莲叶田田（外一篇）

郭　翔

十几岁的时候，跟老师学《出水莲》。教了一辈子古筝的老师每次在教新曲时，都会作一番解说，循循善诱，让学筝的孩子们更深刻地理解其中深意，出手时更有意境。学《出水莲》前老师说的原话已经记不清了，大体是希望学生们于《出水莲》幽美静远的筝曲中，善修其身，善思其德。回忆起来便有些惭愧，不知从何时起，心里落满了尘埃，再没有多余的或者说纯净的空间，来安放日月，安放星辰，安放那支筝曲，安放那朵莲——她曾开于我的筝弦之上，亭亭净植。

莲，一直是一种美好的意象，与传统有关的物件上随处可见她的身影：各种雕花（砖雕、木雕等）、绣花、剪纸、编织、瓷器、漆器，中国风的服饰更是离不开莲。经常逛的几家卖中式衣裳的铺子，似乎都偏爱莲：长衫、披肩、袍子、上衣、小衫、包包、鞋……几乎无处不在。至于旗袍，莲更是永恒的主题，变幻着模样摇曳生姿于衣角、衣襟或者袖底。有朋友说我的衣服寡淡了些——若是那莲画得绚丽了，看了便心生不喜，又如何穿得！想必那画中的莲也是不情不愿：我本洁身自好，出淤泥不染，偏那厮多事弄得这般面目全非。史湘云说：别叫我啐你！莲是温良贤淑的女子，怕是也做不出这样女汉子的行径。

《花月令》曰：六月桐花馥，菡萏为莲。菡萏是未开的莲——写下来很好看的两个字。六月里，莲花开了，"莲花开了，满世界都是菩萨的微笑"。

每年此时，都少不得去瘦西湖逛逛，流连于莲的水湄，望她出水的模样，虽然记不住那许多美丽的名字。今年也不例外，寻了一个微雨的午后去了。漫长的雨季，莲更加秀气、清绝。朋友说：水涨多高，莲就长多高，总是秀出水面，还真是如此。比如五亭桥畔，那里的水位因为雨的缘故越发的高，可是那几丛莲依然俏生生地立在水中。这儿的莲，一向纤细、楚楚动人，似大户人家的小丫鬟，虽然没有她们家小姐大家闺秀的风范，却也非蓬门荜户可比。去年夏天，和朋友夜游瘦西湖，画舫行至"荷浦薰风"特意停了一会儿。画舫的发动机停了，周遭寂静，夜风送来隐约的香气，并吹动岸边的柳树和竹子。四周绿色的灯光幽柔地打在莲叶上，扑朔迷离，俨然是《荷塘月色》情景再现。先生说"扬州夏日，好处大半便在水上"，果不其然。

一路逶迤：长堤春柳、徐园、小金山、水云胜概、莲花桥、石壁流淙、静香书屋、二十桥、熙春台……万株莲于细雨中亭亭玉立如素面朝天的女子，与纷至沓来的赏花人共同演绎一段"误入藕花深处"的清欢。雨一直下，莲叶上大珠小珠落玉盘，想起张爱玲的句子："雨声潺潺，像住在溪边，宁愿天天下雨，以为你是因为有雨不来。"有些事情，总要光阴的氤氲才反而分明，就好像这雨声偏爱就着清荷来听。如雨过天晴的骨瓷，几番揣摩已然温润如玉。

盘桓半日出了园子，回头望见长堤春柳、莲叶田田。

席慕蓉写过《一个画荷的午后》：

> 我的一生　本来可以有
> 不同的遭逢　如果
> 在新雨的荷前
> 你只是静静地走过
> 在那个七月的午后　如果
> 你没有回头

她所描绘的就是这样的午后吗——这样一个充满了花香的午后？

## 薄荷花开

五一小长假期间，好友从老家的墙角挖了几株薄荷带给我，长得很茁壮。分给了同事，最后我只留下了两株，一株带回家，一株放在了办公室的窗台上。忽然就有一天，窗台上的薄荷开花了，小小的一穗紫色。

以前只知道薄荷叶子清凉解毒，可以泡茶，也可以炒鸡蛋或者烙饼子，却不知道它还会开花。我每天都只注意它生机盎然的叶子，碧绿碧绿的，手指摩挲几下便染上清凉的芬芳，已经够赏心悦目的了，不曾想它居然还要送我一份惊喜：在我的眼皮子底下含苞待放。

好友说：在老家的村子里，薄荷长得很泼辣，自己发芽、自己开花结籽，不用人费心，家前屋后长得生机勃勃。做饭的时候，随手摘几片，洗净切碎炒个鸡蛋或者烙个饼，清香可口，都是春夏饭桌上受欢迎的菜式。"绕篱野菜飞黄蝶"，是的，在大自然中、在乡村，薄荷就是野菜、野草。猫们似乎也特别喜欢薄荷，叶绍翁有一首小诗，诗名是《猫图》："醉薄荷，扑蝉蛾。主人家，奈鼠何。"想来那小东西只知道薄荷味道香美，却不知道它有轻微的麻醉作用；吃多了，便醉了。那个画面，自是妙趣横生。

薄荷的来历还有一个传说：希腊神话中，宙斯的哥哥冥王哈迪斯爱上了美丽的精灵曼茜，冥王的妻子佩瑟芬妮十分嫉妒，将她变成了一株不起眼的小草，长在路边任人踩踏。可是内心坚强善良的曼茜变成小草后，她身上却有一种令人舒服的清凉迷人的芬芳，越是被摧折踩踏就越浓烈。虽然变成了小草，她却被越来越多的人喜爱。人们把这种草叫薄荷，一种坚强、充满希望的植物。至今，希腊人在节庆时，还把薄荷编成花环佩带在身上。

人生总是会错过许多的人、许多的事，能够再次相遇、相识和相爱的机会几乎没有。薄荷虽然是一种平凡的草，许多同事都不认识，开的花也是一种平淡的花，但它沁人心脾的淡香如雪花一般清凉。入得鼻孔，经由味蕾，一种惬意、舒适便渗进肌肤，后来每一个毛孔都通透熨帖清爽。那是一种能够让人心生岁月静好的感觉，会让那些曾经失去过的人得到一丝抚慰，比如哈迪斯。

好奇地搜了百度，上面说：薄荷的花语是"愿与你再次相逢"和"再爱我一次"。点鼠标的手迟疑了，一时间竟莫能言。

"七夕"到来之际，窗台上的薄荷开了。是巧合还是冥冥之中的安排，让我想起那个温润如玉、恬淡如薄荷的人。

世 相 〈〈〈

# 漫 谈

朱 辉

## 马术、斗牛及其他

根据我粗浅的认知，马术是正式的体育运动项目，已经进入了奥运会；而斗牛不是，它属于一种民俗，一种娱乐。它们的共同点是：人与动物一起参加。

先说马术。人骑在马上，竞速，比谁跑得快，这是赛马；马术还有障碍赛，人驾驭马匹腾越一个个障碍，碰掉障碍就要扣分；当然还有另一种比法，选手头戴黑色阔檐礼帽，身着燕尾服，脚蹬高筒马靴，骏马伴随优美的音乐，进退有致，若往若还，人和马气定神闲、风度翩翩，这就是所谓的盛装舞步了。无论比速度还是比跨越还是比舞步，比的都是能力，展现的是马的能力和人对马的役使技能。

人对马的役使久矣。我们新年祈福,不管说"五畜兴旺"或者"六畜兴旺",马和牛都稳居其中。马对工农业生产、商业乃至战争的作用,无人不知。设若人类历史中没有了马,我们的文明绝不是现在这个样子。我要说马是上天赐予人类的恩物,大概反对的人不多。我们役使马,也一直善待它。时至今日,现代动力出现了,马已不再是不可或缺的劳力,但我们通过马术来展现人与马的和谐,炫示人马合力所能达到的极致,这也是一种缅怀,一种感念。众所周知,赛马的生活待遇非常高,这体现了人类的善意。

可是人类的善意有时也禁不起追问。马自古以来就是被人骑的,但马是不是愿意被人骑,是不是愿意拼尽全力做那些复杂激烈的动作,我们并不能代它们回答;如果你知道赛马在重伤后常常会被安乐死,我们更可以猜度马即使重病重伤,它也不愿意死。说到底,我们只是按照我们现在的文明标准善待它而已。但不管怎么说,善意和文明标准,哪怕是有限的,也确凿存在,这可以称之为底线。在这样的底线前,如果不过分钻牛角尖,我们就会喜欢各类马术。但同样是人与动物共同参与的斗牛,很多人就很抵触。我们不一定有机会亲临现场,但那种场面,裹挟着血腥,通过电视也会扑面而来。

牛通常被列为五畜或六畜之首,它属于传统农耕家庭的"大件"。牛沉默寡言,吃苦耐劳,虽长了一对令人生畏的犄角,但并不主动刺向人类。想到西方人基本以牛肉作为主要肉食,我简直不能理解斗牛这个事。护具完备的斗牛士,先用红布撩拨起牛性,然后用锐利的镖不断地刺伤牛身,放它的血;等牛精疲力竭了,再蹿蹦跳跃着,伺机向牛肩胛骨间突刺一剑;待牛挣扎着轰然倒下,在地上抽搐,牛哄哄的斗牛士竟还举剑躬身做个西式四方礼,夸耀他的所谓一剑毙命——我呸!他怎么好意思!这是典型的以恶凌善，恩将仇报。虽然居于众生之巅的人类几乎也同时居于食物链的顶端，什么都吃，但如何对待万物，这是一个严重的问题。即使马可以被役使，牛也可以被吃，但公然的屠杀，却理应使人类感到羞耻。动物保护组织能够阻止斗牛进入奥运会，却不能清除这个事，无疑让我们看到了在所谓"保护独特文化"旗号下的傲慢和冷血。

说到这里，不由得想起老家过去的某种习俗。我们那里养狗的人家不少，食物匮乏的日子，狗老了，死了，也就吃了。但狗主人却不忍心自吃，他会送给邻居吃，这个邻居家也养着狗。等邻居的狗也老了死了，邻居会把他的狗送来作为回报。这几乎成了一种规则。君子远庖厨，庶几近之。你可以说这是一种伪善，但我认为这是在饥饿逼勒之下的一种悲悯人性。

事实上我不得不承认，人类还有许多令人难以接受的类似行为，训练海豚排除水雷就是一例。信鸽可以送信，马能奔跑负重，牛甚至可以被吃，可海豚就该替人去死？它的命就不是命——这是什么逻辑？！虽说如何使用和对待动物，这里面的分寸不太好拿捏，但人类聪明得实在有点过分了。

还是说斗牛吧。我的意思是，既然为了娱乐，也有斗鸡、斗蛐蛐，那牛和牛斗也罢了，可以的。我甚至说，你要斗牛也行，但我们应该换一种斗法——牛赤身裸体，身无长物，那你也丢掉护具；牛只用它的角，你赤手空拳去试试。如果你坚持要持剑，那好，出于公平，请你在牛角上也上绑两把尖刀——你牛×，你威猛，你是骑士，那你就该接受骑士的公平原则。

## 观跳水

八月盛夏,酷热难当,只能猫在家里看世界游泳锦标赛,看看跳水。

跳水大概是所有体育运动中特别有趣的一个项目。我懒得去考证跳水比赛究竟设立于何时,反正我认为它是起源于水乡顽童从高岸或桥上一跃入水,炫耀身手的原生态游戏。他们水性高强,童心正盛,玩得不亦乐乎。某一日,他们中的聪明人从杂技或体操中得到灵感和刺激,又或是个稍大的孩子原本就身怀武艺,他站在高处,脑子一热,跳下后竟翻个跟斗在空中玩出了花样。虽然因为初学乍练,他略显笨拙,但这一下他技压群雄,引来了喝彩如雷,肚子被水扑痛了自然忍住不说。此时正有一艘船从桥下经过,那水手可算是现代赛艇运动的先驱,他水性娴熟,但因自家常年动作单一,正感烦闷,有缘目睹这惊心赏心的一跳,不由得大加赞叹,惊为天人。船顺水而下,水手沿途宣扬,难免有好胜者模仿挑战,于是"花式跳水"渐成时尚,谁再直通通地跳成一根棍子,那就成了不入流,跟失足落水一样好笑丢脸了。

以上是笑谈,体育史绝不会这样写。我也不会说,那水手兼赛艇运动先驱,他直接把船划到奥运会组委会,要求新增一个跳水项目。这不是事实。但跳水运动特别具有游戏精神,当无疑议。或许所有的体育运动都是一种游戏,也都发源于原始生产生活,但跳水却迥然不群,大异其趣。跑得快,跳得高,掷得远,这些都是"有用"的;搏击是为了生存,球类隐含着攻防,体操之类也可以与原始人类在树间岩石的生存挂上钩。但落水却本是人类的一个天然畏惧,这从诺亚方舟之类的神话中就可以看出来,即使是会水的人,落水也不会是一件乐事。但时至现代,人类变被动为主动,跳水运动诞生了。从原始生存中的意外落水到主动跳水,进而跳出花样,这是一种吃饱了撑的游戏精神。

我也懒得去深究跳水比赛中那些数字和英文所规定的动作,反正我儿子十分精通,动作代码一报出,他立即就可以描绘出即将要跳的动作。向前、向后、手倒立、转体、屈体、翻腾,各种动作几乎已穷尽人类在水面上的所有可能。它比的是惊险和优美,展露的是跳水者的勇敢和优雅,而最后的"压水花"则炫耀了他和水之间柔顺至极的友善关系。

中国人在跳水项目上展现了惊人的天赋。但凡有中国人参加,金牌大包大揽,几乎连银牌都算是失败。为了这项运动的持续,中国人已开始输出教练,实施"养狼计划",让出几块奖牌。即便如此,依然有人担心人家以后会不陪我们玩。这种担心看似有道理,其实多余。不能说人家不想拿奖牌,但人家更看重的,恐怕是享受,是自我超越。或许,更有人隐隐觉察到跳水这项运动深藏着的特殊禅意。他们迷恋这项运动,却没有说破原因。

跳水的过程可算是人生的缩影。

站上跳台或跳板,然后,跃起;短暂的上升后,自由落体,伴之以一连串精彩动作;最后,入水,动作结束。这是跳水的程式,也是人生的象征。你一出生就开始走向死亡,正如你从高处跃起后最后的结局必然是落水;没有例外,正如绝不会真的有人万寿无疆。

跳高的横杆前有两个结果,跳过,或者不过,虽然它最后也是以跳不过为终止,但跳水却每次的结局都一样。这有点令人沮丧。况且,自由落体,意味着你无论玩出多少花样,从跳台到入水的时间都早已注定，无可回避，也无可抗拒。这就如同一个人的生命。

但是我们又何必灰心呢？向死而生本就是人生的真相和铁律。我们只能活这么长，锻炼身体，养生保健，也只类似于站在跳台上使劲向上跃起，略有小补而已。跳水者玩的是过程，不管是一米板、三米板或是十米台、二十米台，他们享受的是入水前的时空。自由落体是无奈的，但自由落体也真的可以发挥自由。那些穷尽想象，挑战极限的动作，在天定的落水轨迹中挥洒。落水是必然结局，落水前的时间长度也早已决定，但跳水者各自潇洒。

当跳水者站在跳台上，我们期待的是他将跳出怎样的精彩。我们也该问自己：我们应该怎么生活？

## 何处钓鱼

钓鱼是一项雅事。相较于麻将、掼蛋之类，它基本不谈胜负，至少淡于输赢；和各项体育运动相比，它轻松悠闲，向山亲水。对绝大多数整日为稻粱谋的人来说，这是偷得浮生半日闲，是案牍劳形后难得的放松。

很多人钓过鱼，不少人还乐于此道。我生在水乡，差不多可称作此中老手。大概十几年前，我每年握鱼竿的次数还不少。那时候出城不难，或呼朋唤友，或偕妻将子，寄情于山水，沐浴在春光秋色中，确是一乐。

但我现在早已不再钓鱼了。撇开交通不便、身懒足倦这些不说，现在钓鱼，已经与从前大相径庭。多了一点什么，又少了一点什么。

现在钓鱼，绝大多数只能到鱼塘，或者水库，这都是有主的。钓鱼的不买票，就是请的人买票；即使开钓前不买票，钓过后也一定有人喊你称鱼付钱。这里面有人情，有交易，鱼塘也成了职场和社会，难免败兴。

当然你也可以不管那么多，只管做窝，下钩，竿子端起来再说。咬钩是很快的，鱼上得也不慢，而且，很频繁。最夸张的一次，我是连抽根烟的机会都没有，鱼贯而至，络绎不绝。但很快你就会觉得有点乏味，因为钓上的鱼全都一个品种，一般大小。那浮子的节奏雷同，力度相若，拎起来手感类似，你会叹一声，看着鱼说，怎么又是你？

其实鱼塘主人早告诉你了：这是鲫鱼塘，那是鳊鱼塘，那边养的是草鱼。他提前揭晓，弄得你手忙脚乱地始终在为他证实，证明他所言不虚。因此你若想保持一点悬念，最好一上来就阻止他来"剧透"。可惜你这种先见之明也立即会被破掉，因为，第一条鱼很快就上来了，这是第一个桥段，你知道了里面都是什么鱼，下面的，都是重复。这是我们社会景观的延续，庸常生活的写照：这就是现在所谓的钓鱼了。

不由得想起儿时的垂钓了。钓具是简陋的，细竹竿，尼龙线，鱼钩是缝衣针弯的，但是天地广阔。河湾港汊，野塘大河，都是垂钓的好去处。粼粼河水下，是龙王爷麾下所有的水族。不要做窝，你只管伸出竿子，少安毋躁，自有鱼儿来上钩。大的几斤，十多斤；小不赢寸，比鱼钩大不了多少。有的黑质白章，有的五彩斑斓。怪头怪脑，难以名状的也不在少数。鳊白鲤鲫，鳗鳖鳅蟹，只要长着嘴的，要吃，它都可能上钩。你永远不知道下一条是什么，你永远也不知道你脆弱的鱼线鱼竿还能钓多久。常常在你被小鱼骚扰得不胜其烦的时候，你的手一紧，你下意识地猛一使劲，鱼线断了，你眼睁睁地看着浮子悠悠然，嘲弄似的向远处漂去——我儿时的垂钓，无数次以此为结局。

这样的钓鱼是幸福的。这是人与自然的对话,一个人,在乡野间,在初照的晨曦或苍茫暮霭中与未知对话。钓鱼本该是这样的,生活也本该有一些惊喜和意外。日复一日的庸常生活不必再拉伸到鱼塘那边去,于是,我现在不再去钓鱼。

## 海底故事

大海广阔无垠。在湛蓝的大海深处,生活着无数的水族。水母、海马、鲸鱼、海豚,还有无数的生物。大海深不可测。大鱼吃小鱼,小鱼吃虾米,在无边无际的大海里,既充满快乐,也充满危险。大海深处危机四伏。

在浩瀚的大海里,生活着一群小鱼……童话就这样开始了。

小红鱼生活在大海深处。它们体形瘦小,游动缓慢。它们成群结队地在大海里游弋,寻找食物,躲避敌害。在强手如林的大海里,它们是极易受到攻击又无力自保的一个种族。

一片红漫漫的小红鱼游过来了。一头虎头鲨悄悄地跟在它们身后。小红鱼发现了危险,它们拼命地向前逃。突然前面出现了另一头鲨鱼,它巨大的嘴巴推动着漩涡席卷而来。可怜的小红鱼们四散逃命。等危险过后它们再次聚拢,但很多的兄弟姐妹已经永远回不来了。

小红鱼们伤心极了。

这时一条小黑鱼游了过来。它对小红鱼们说:"大家不要哭,我们应该想想办法。"

小红鱼说:"有什么办法呢?它们那么凶,那么大。"

小黑鱼说:"不要怕。大家应该聚集起来。请大家听我的吧。"

小黑鱼围着庞大的小红鱼群游了一圈。它边游边说:"我们都调整自己的位置吧,大家一起游,游成一头大鱼的形状。"小黑鱼在鱼群里穿行,然后停下来,"我就待在这个地方,我就做我们自己的大鱼的眼睛吧。"

小红鱼们听懂了它的话,都行动起来。片刻间,一头黑眼睛的大红鱼出现了。它硕大无朋,浑身红光,是大海里前所未有的大鱼。它黑黑的眼睛非常漂亮。

小黑鱼说:"我们出发吧,到食物最丰富的地方去!"

大红鱼无声地在海底前进。远远地,虎头鲨惊恐地游走了;大鲸鱼怔了一下,也转身逃远了。

从此以后——童话是这样结束的——从此以后,小红鱼们就在大海里,快乐地生活……

1999年,我在日本度过了一段情绪复杂的日子。我带着儿子,儿子带着他在中国的小学课本。儿子后来又在日本上了学。必须说明的是,上面的童话正是来自日本的小学课本,我并不是作者。作为一个中国读者,读完这则童话我感到震惊。我热爱汉语,所以在日本,儿子带去的中国课本也成了我的读物。但是坦率地说,我更欣赏这则童话。它是那么丰富。你可以看到忧患,可以看到团结的力量,也可以看到领袖和群体的关系,可能还有更多其他的东西。

# 利安邨

周洁茹

我住的楼后面是利安邨，利安邨里有一个空姐。

我经常见到那个空姐，并不是我与她之间的缘分，只是我太注意空姐了。只要你开始注意哪一种人，那种人就会出现得特别多。我还注意所有的孕妇，她们也真的挺多的，十个迎面走过来的女人里面就会有一个是大肚子的孕妇。我认识的一个房产中介还说她根本就生不起小孩，她结婚十年了，可是不生小孩，她是我唯一认识的一个香港人，不是嫁香港人成为香港人的人，不是出生在内地童年来到香港的人，就是土生土长的一个香港人，然后嫁给另一个土生土长的香港人。我觉得她的确代表了一些香港人真实的生活的状态，我相信他们可能是有点养不起小孩，但不是肯定养不起，他们选择不生小孩，不只是经济的负担，也有责任的承担。负担不起，承担不了，干脆放弃，不用去面对。

社区议员还没有为我们的社区争取到机场巴士的时候，空姐是搭港铁去机场的,我经常遇到她,有时候是早晨,有时候是傍晚。无论是白天还是黑夜,她都不是你想象的那么美丽的,她拖着她的箱子,国泰航空的红制服和黑色工作鞋,鼻尖出着油,口红残了一半。

乌溪沙站去到利安邨的那一段路也不是那么平稳的,她和她的箱子,难免叫人心疼。但是她的神情又是冷淡的,叫人想起来搭乘国泰港龙航班时不得不说的英语,你的心就没有那么疼了。奇异的只发生在中国人之间的英语的对话,当然你也可以挑战传说,跟香港空服讲普通话,反正我是不会再试第二次的。

我小时候看《重庆森林》,王菲扮演的擦来擦去的售货员,居然就去做空姐了,电影的最后,她也穿着制服,拖着箱子,靠在一道墙上,就跟梁朝伟的轮廓分明的前空姐女朋友一模一样。从来没有去过香港的小时候的我就会这么想,香港的空姐倒是你想去做就去做的啊?

后来我在香港住了七年,也只见过一个空姐,所以香港的空姐其实也不是那么容易做的,所以王家卫的电影,很多时候也不是那么香港的。

后来议员为我们争到了一个机场巴士站,空姐就搭巴士去机场了。我搭飞机的次数很少,但是每一次搭巴士,我就会遇到那位空姐,空姐总是拎着一个塑料袋,里面装着一只隔了夜的面包。我有点理解不到她为什么不去机场吃早餐,香港机场不是有着全世界最齐全的早餐吗?

是的,香港机场有全世界的早餐,西式的,中式的,那也是很奇异的事情,机场的翠华就能够做出来不是翠华的公仔面,机场的大力水手也能够做出来最不像是大力水手应该做出来的炸鸡,能够从食物里吃出悲愤,也只发生在香港机场。然后有一天,我也拎着一只冷面包上了巴士，空姐排在我的后面，两个疲倦不快乐的女人，一起去飞机场。

从来不看八卦杂志我也知道，香港的女艺人，如果被挖到邨屋出身，就会是翻不了身的咸鱼，邨屋两个字放在她的履历里，永远到永远。住邨屋的空姐，肯定也有很多，有人说香港百分之三十五的人都住在邨屋，但是香港之外的人不觉得空姐也应该住在邨屋，她们应该年轻漂亮，她们应该找富贵的男朋友，有邨屋之外的人生。

可是我看到了一个住在邨屋的空姐，肯定还有我没有看到的。生存从来都是艰难的，香港，或是香港之外，家累，或者只是愿与家人拥挤在一起。

一些港女的现实也真的是现实，如果他转不了你的后一半命，付了青春还要得一个坏名声，港女真的是全世界最冤屈的女人。

香港男人在一些文学作品里往往面目模糊，港女太现实，他们宁愿把爱情托付给别处的女人，一个，再加一个。或者坐在家里打机，买一盒充气人形，若这个人形真变作了人类，也要拜托她变回去，因为真正的女人是他们的负担。

我有时候去利安邨，有时候会在楼下碰到富贵的邻居，邻居说你干吗去呀。我说我去利安邨，我停了一下，说，去吃饭。邻居说天啊，那个地方我从来不去的。我说我要去啊我又没有工人我也不会做饭我还不会讲广东话叫外卖。这个邻居本来在我的朋友圈里的，有一天我发现她把我删掉了。

利安邨里有一间大家乐，大家乐之前是美心，桌椅都破旧了，角落里的电视永远停在翡翠台，有一天美心不见了，装修了很久，变成了大家乐，有一天大家乐也会不见，变成大快活，或者再变回美心。我会去那里吃饭。

我不喝茶，我也没有时间，所以我从来不去茶楼，我去茶餐厅，十分钟的一餐，不过是让自己活下去。我曾经在早晨厌倦，如今到了傍晚我也厌倦。生存意识很弱，但是还有一点，所以我会走去利安邨，吃一餐饭，至少让自己活过今天。

对面是一对母子，母亲买了一碟洋葱汁龙利鱼饭。刚刚放学的幼稚园的小孩，动来动去。香港的幼稚园很多都是只上半天学，而且没有午饭。有的家庭把小孩送去两间幼稚园，上午校和下午校，上午在国际学校学英文，下午在本地学校学中文。或者上午中文，下午英文。香港小孩的中午，用来换校服和吃很快的饭。

母亲把鱼切成工整的方块，小孩吃一口饭，配一口鱼。快吃快吃。母亲催促，饭要凉了。小孩嘻嘻地笑，一口饭，一口鱼。

小孩养得很好，白白胖胖，天真无邪。小孩吃完了饭，开始喝好立克，如果你还是不习惯香港人的奶茶，可以要一杯热柠茶，或者好立克。

母亲把剩下的米饭，用汁拌了一拌，开始吃，汁不太够，她把酱汁碗完全倾倒了过来，洋葱汁捞饭，一个母亲的午餐。

我没有抬头。

我母亲很小的时候外公去世，姐姐们出外谋生，嫁人，或去工厂做工，母亲还在上小学，与外婆相依为命。放学回家，一碗冷饭，茶泡饭，已经很满足，有时候冷饭也没有，做完功课，早早上床，床边的墙角已经长上了青苔，孤儿寡母的家。

高中毕业考上空姐，拿着通知书去做身体检查，贫血，低血糖，长期营养不良。已经错过别的学校，同班同学们入大学，母亲下了乡，整整十年。

我离开家去美国，安慰她，我不会苦的。她讲不就是洋插队？母亲从来没有讲过那十年插队，母亲讲过很多次空姐的愿望，如果做一个空姐，会有多好，如果真的成了空姐，人生会有多么不一样。没能成为一个空姐，成为母亲最大的缺憾。

我的第三个阿姨嫁去北方，江南吃米饭长大的女子，与现实妥协，最终学会一手好面食。她年老时总是搬一把椅子坐在院子里，端端正正，面朝南方。可是直到去世，她都没有能够回到南方。

## 走近吕城

郜志坚

吕城，吴国江南第一城。江南唯一叫城的一座城，一座距今一千七百八十多年历史的爷爷辈的城。她坐落在沪宁铁道线上，大运河旁；她毗邻常州，心仪无锡。无锡素有"小上海"之称，她比不上无锡，便被称为"小无锡"。她与三国时期的东吴大将吕蒙有关，据传公元230年，因吕蒙在此屯兵筑城而得名。

吕城不算很美，但她自然朴实动人。一抹的青砖黛瓦粉墙，宁静的街道小巷。不很宽的吕蒙大道，窄窄的圣旨路，曲里拐弯的小巷，更有铺着厚重石板的小径通幽。小桥流水人家，典型的江南做派。沿着吕蒙大道自南朝北走一遭，大约五六里开外，便是城外。扑入眼帘的是金黄色的油菜花和绿油油的麦苗，这座被绿色包裹着的城郭，春风里，满城飘着沁心润肺的芬芳，城内城外是不一样的妩媚。

吕城比我想象中要美。20世纪80年代，我有幸到吕城工作，走近吕城。那时正值大力发展乡镇工业之时。农民赤脚下地洗泥进厂,离土不离乡。吕城人凭着勤劳和智慧,历经艰辛,十几年中办起了几十个像模像样的工厂。以大运河为界,河北为轻纺化工,有吕城毛纺厂、羊毛衫厂、丝绸厂、毛织厂、印染厂、面粉厂、油脂厂、涂料厂、化工厂等。河南以机械重工为主,有五金机械厂、钢窗厂、钢模厂、能生产长城电风扇的农具厂、绣品厂(绣品厂为轻工)等。

这些工厂的产品,有的与国家的大工业配套,有的一出厂立马漂洋过海进入日本和欧美市场,为国家出口创汇;有的则是人们生产生活中必需的抢手货,摆到北京、上海、广州等大城市繁华街头的柜窗里,引领着城乡的消费潮流。家里摆的、床上盖的、身上穿的、手里用的,漂亮、光鲜又自豪。

苏锡常是中国现代工商文明的策源地,乡镇工业起步早,经营管理能力强。吕城的乡镇工业以轻纺为主,聪明的吕城人,经常与他们接触交流,走出去参观学习,请进来谓之传经送宝。加上吕城人文化素养、个人素质高,上进心强,接受新鲜事物快,改革开放的思想观念和发展经济的经营理念,整体上胜人一筹。党委政府开个镇办企业书记厂长会,无论老中青,齐刷刷几十人坐下来,看他们的打扮听他们的谈吐,俨然是个教授级的学术研讨班。吕城的企业和企业家,温柔的外表下包着洋溢的聪明生气。一经点拨,纵有艰难,也能咬定目标一往无前。

当年的吕城,是镇江市、丹阳市最早进入"亿元镇""双文明镇"行列的乡镇之一,民间的"万元户"更是遍地开花。古老的、历经千年的、甚至有一点老态龙钟的吕城,长期被压抑着、积蓄着的青春能量,像地火一样喷发出来。吕城年轻了,吕城变美了。

吕城人又是爱美的。历史上吕城人就有苏锡常情结,受苏锡常的影响很大。这里人与常州无锡结亲的很多，地理位置离常州更近些。婚丧嫁娶、弃旧更新，逢年过节添置物件，大事小事都习惯性地跑常州，再往东就是无锡。风俗习惯地缘相似，说话口音也是一口的吴侬软语。早在计划经济时期，集镇居民就有近万人。

晨曦初露，四乡八邻的农村妇女就挑着蔬菜进城，紫红的荸荠、碧绿的水芹、雪白的莲藕、玉脂般的豆腐，还有萝卜青菜，大蒜韭菜，螺丝河蚌鱼虾肉……样样新鲜。有时她们三五个走成一长串，风摆柳似的穿街过巷赶往菜场。太阳升起来，笼罩在大运河上氤氲湿润的轻雾慢慢消散，河边停靠夜泊的大小船只上开始忙碌起来，随着甲板上"哗哗啦啦"的冲洗声、汲水声，运河两岸的茶馆、老虎灶、大饼油条面店、百货、山货、皮鞋、服装、绸布、药店、铁匠铺子……都一家接着一家地打开，开门迎客。不一会儿，大街小巷便响起自行车清脆的铃声，那些荡漾着青春活力的姑娘小伙，一路欢声笑语，像万千百灵鸟飞过，奔向各自上班的工厂。

街边玉兰花开，庭院月季才露红，天气乍暖还寒，大街上就有穿着皮筒短裙的女子款款地走动。高跟鞋，羊毛衫外套，涂着口红，文着眉，打扮入时的年轻妈妈们，送孩子入学入园。才从菜场出来的大嫂大妈更是又说又笑，心花怒放地交流着菜篮子里的新鲜收获……

夜幕降临在这座小城的屋檐和林梢，万家灯火之时，霓虹闪烁的舞厅和酒楼开始登场，街上的文化站图书室开放，台球（斯诺克）前也摆开了架势。那是年轻人的天下，他们各取所需。有人说，吕城的夜是"白夜"，黑和白只是分工不同。

我忽然想起，那鳞次栉比的商铺、摩肩接踵的人群、爽朗的笑声、曼妙的步履、纤秀的身影、时尚的柔美、甜蜜的生活中，是否可以找到答案？——何为"小无锡"！

吕城的交通是发达的。一些大城市具备的交通功能，这儿都有。看吧，铁公水、海陆空。沪宁铁路经过吕城，设有吕城站，客运货运皆备；国道省道公路沟通环绕，加上近几年修建起来的沪宁高速公路，四通八达；大运河穿城而过，境内河网密布通江达海，就连机场也不缺。常州机场的前身是吕城军用机场，军用机场用了一部分吕城的土地，靠吕城也更近一些。军民合用，改名常州机场，可吕城人直到今天仍然叫它吕城机场，就像"China"，英文的原意是瓷器，现在成了"中国"的代名词，地球人都知道。"吕城机场"，这个，你懂的。

工商企业外贸进出货物，直接发运，出门旅行，一脚就跨上了火车，10分钟车程即到机场。发达的交通像雄鹰矫健的翅膀，带着吕城的经济起飞。

吕城在历史上就很繁华，且看她的地名。当年吕城下辖18个行政村。河南村、河北村、是大运河的南边与北边两个行政村，东市、西市、虎市是又3个行政村的村名，有人说加起来就是"两省三市"。

何建明先生在《江边中国》中说过，别小看这个"市"，"市"至少也有三五百年历史，它们是民间不断活跃的商贸交易而慢慢形成的。这些小"市"里有商店，也有手工作坊加工业，甚至在20世纪初就有了一些先进的纺织或机械制造工业，从地理上讲，这些小市，基本上都在乡村之间，相距不远，与它们相通的有马路、水路，周边的农民到市里很近，北方人叫"赶集"，当地人叫"上市"或"上街"。从文字上理解，也就是抬腿即到的意思。密布乡村间的这类集市，既弥补了城乡之间在交通上的不便，也增强了商贸上的相互补充与辐射。更重要的是，这些小"市"的存在。使得乡间的普通农民有了较早接触现代商贸与现代工业的机会。许多人，农忙时在地里劳动，农闲时在"市"里开小铺摆小店。"亦工亦农"很早的时候就流行吕城大地上了。

现在，我们国家体制是"市管县"，可吕城早就是"城管市"了。牛吧！

沧海桑田，人类文明的历史常常会开一些玩笑。吕城的名字叫"城"，并没有成为真正意义上的城，所管辖的市，也不是现在真正意义上的市。反之新加坡和中国的深圳，多少年前还只不过是个名不见经传的小渔村，而今都已显赫地凸起。

千年一叹，对于这些，吕城人并不介意。值得欣慰的是吕城的今天。今天的吕城，已形成纺织服装、电热材料、机械化工、粮油加工为特色的规模工业体系。当年的吕城毛纺厂，现江苏丹毛纺织股份有限公司，集精纺面料，精毛纺时装产品研发、纺纱、织布、染整、服装生产为一体。能生产各种精毛纺时装面料4万多个品种，这些高档面料百分之八十外销到欧美等发达国家。2014年，他们还成立了高档精毛面料的科技创新院士工作站，是中国纺织协会、国家纺织品开发中心认定的"中国精毛纺时装面料流行趋势发布企业"。一个厂的产值就超过了5个亿。

今天的吕城人，足迹遍布世界各地，他们所生产的产品销售到五湖四海，他们的儿女从这块土地上成长起来，走进共和国的各级党政军机关、科研院所，奋斗在各地平凡的工作岗位上，为祖国的繁荣振兴做出贡献。然而，他们无论官多大，钱多少，行多远，别多久，他们都是吕蒙的后人，都有一个共同的名字叫吕城人。

吕城，因为过去厚重的历史踏实又自豪，更该为今天的辉煌自信而骄傲。吕城的明天会更好。

## 深夜食堂（外一篇）

苏 眉

仿佛食堂里的师傅就应该用大茶缸子喝水，绿森森的一杯子茶叶，苦涩、浓稠，所以他们烧出香喷喷的红烧肉、大块的炸猪排、饱满的百叶包、大锅汤，这样笼统而毫无个性可言，是理所应当的。

白塔东路文创园里有家八年级食班，很低调，不过六七平方米，门口放个旧课桌，搁几个锅碗瓢盆旧饭盒，还有一辆破单车，黄格子木门绿纱窗，旧日公寓的做派，倒是有点像米铺里养着的大阿姐，家常青棉布罩衫里隐隐露出朱红牡丹夹袄的一角，虽然已经洗得褪了色，不经意瞧见了，依旧有点惊心动魄。

有日果真去吃了，一同的还有做音乐的王老师，他是喝红茶与咖啡的，但是走到这里，却也觉得相宜。点了炸猪排、百叶包、咸菜宽面条、青菜豆腐汤，其实他们不外也就这几个菜。裹猪排的面粉很厚，百叶包蒸得起一角焦皮，面条上浮一层菜油，青菜豆腐汤清汤寡水，果真是读书时候的食堂味道。王老师一向小食量，穿得精细，人也消瘦隽秀，像民国旧物，那日把脸大一块猪排吃了，然后又大喝面条汤。收银柜是个讲台，老板娘还年轻，戴个塑料发箍，粉团脸，穿件粉青棉衫小碎花家居裤在那里吃瓜子，挂壁黑板上写着菜谱，招牌是猪油菜饭，8元一碗，碗是幼儿园里摔不烂的搪瓷碗，碗边印一朵青色莲花，粗枝大叶的倒也可爱。

这种碗，在小时候随处可见，衍生产品还有搪瓷杯，倘若父母都是双职工，吃食堂的时候，如果要添个蒸菜，就少不了这种经常被碰掉瓷的杯子。读小学的时候要是家远，就要自己蒸菜蒸饭吃，许多同学的午饭就是靠一个铝饭盒，一个搪瓷杯。饭盒里千篇一律都是米饭，也有别出心裁的母亲切了蔬菜与咸肥肉丁，做成菜饭的，或者放些山芋块和荸荠，甚至是红赤豆鸭血糯，做成五谷食粮的，然而大好江山还是在那几个小小的搪瓷杯里。我吃蒸菜的时间不多，也就是小学六年级的一个学期，每天早上，妈妈帮我把米淘好放在铝饭盒里，学校里也有菜卖，然而她还是愿意帮我多准备一个搪瓷杯，里面放好新鲜肉块和青毛豆，还有切片冬瓜。有时候是黄豆炖猪手，有时候是毛豆肉饼，有时候是咸鲜猪肉一起炖，再加切片萝卜。因为菜钵密封，汤汁不多又得蒸熟蒸透，搪瓷杯里的滋味总是很好。到午餐时间，女生喜欢聚在一起，要好的几个就交换菜品吃，我吃到过几次味美的，至今难忘，一次是我一个远方亲戚，与我同岁、我却要叫她小阿姨的，她的妈妈手巧，经常做各种菜干腌肉腌鱼，所以她的搪瓷杯里经常会有茭白干炖咸鱼，那茭白是切细了再晒干的，与肉质干净坚硬的鲢鱼干一起清炖，吃起来有一种奇异的香味。再有是她妈妈做的蛋饺，金黄饱满，边缘焦香，千刀肉里裹了葱花，都是结结实实的材料，蛋饺下铺着切得细细的大白菜叶，自己家里种的，一开盖就感觉富足安康。还有一次参加少代会回来晚了，没有安排午饭，一个同去的学姐给我吃她妈妈做的油豆腐塞肉，加了酱油烧的，我吃后，再也忘不掉；也有同学蒸臭豆腐来的，上面打一个咸鸭蛋，也是好味。

那个时候的小学食堂，还是小食堂，做的菜也比现在好吃。因为蒸菜多，所以不用供应太多菜品，还是用小锅炒菜，大锅肉做得十分出色，经常有老师用饭盒整盒整盒地买回去吃。做菜的阿姨我熟，是舅舅一个朋友的老婆，长得干干净净，也会穿衣裳，饭灶间边上有间狭小但是明亮的休息室，午餐时间一忙过，她就闲下来，在一个旧课桌上铺了细白棉布，开始串珍珠首饰，她做了很多珠花，戴在头上的，小枚的戒指，有一次给我串了一个袖珍的灯笼。她的女儿也美，比我小两岁，聪明和顺，这个阿姨经常切水灵灵的生白萝卜给我们吃，大莲藕粗细的萝卜，去了皮，放在长条盘里，像个窝窝头，咬下去一股清水气，说吃了对嗓子好，可以不感冒。

当时食堂里还出一种油饼，大约是供应早饭用的，从来都是自己做，和外面卖的滋味不同，略带甜味，香酥中有一股子韧韧的嚼劲，吃起来很有回味，离开那个食堂后，我再也没有吃到过那么好吃的油饼。有次看古籍食谱，有一味"晋府千层油旋烙饼"，做法是这样的：白面一斤，白糖二两（水花开），入香油四两，和面作剂。擀开，再入油成剂；擀开，再入油成剂；再擀，如此七次。火上烙之，甚美。

为何是七次，而不是八次，也不是六次，我想和古人对七的喜爱有关系。七在古代是个充满玄学的字眼儿，《汉书·律历志》有载：七者，天地四时人之始也，旧时人死后每七天为一祭，直到七七四十九天，佛教中有七宝，就连圣经中上帝造物的休息日也是七，我想这与古代人的调息与养生都是相容贯通的，食物是最终的自己，这已经被科学认证了，因为每七年，我们人体所有的细胞都会完全更新一次，也就是说，每过一个七年，都会产生一个全新的自己，而这全新的自己，都是由我们吃进去的东西堆积而成的。同一个食堂的饭食造就了那么多形形色色的人与自我，想想真是不可思议。夜深中的食堂，因此散发出颇为神秘的光芒。

## 一面之缘

苏州人早上的皮包水，除了茶，还有面。苏州的面，无汤不面，它和碧螺春一样，一见就可知道产地，因为样子太苏州。

面条在苏州的地位有点微妙，不像有些地方，将它作为正经的压寨夫人供着，大小场合都要带着撑场面的，缺它不得。而在苏州吃饭，若是少了一道面，仿佛无人会在意，特意到苏州来寻觅美食，如果没有吃到面食，似乎也不会抱憾而去，若恰好吃到了，平白多出一个惊喜，却也不是锦上添花，而是此时无声胜有声。苏州人一向含蓄，吃食与日子，都是自己的，如鱼饮水，冷暖自知，你根本不会知道弄堂里与你擦肩而过的穿着大裤衩、趿着拖鞋的老头，脖子里戴的是一块价值连城的汉白玉，一个挎着菜篮子，在菜市场讨价还价后归来的阿婆，走进的是摆着一堂上百年红木家具的小阁楼，随便在个小馆子里吃饭，你也许可以看到主流期刊上一张熟悉的脸，而这张脸，正与掌勺的师傅聊得风生水起。

所以，面条在苏州，至多算是个像贾府里平儿那样的通房丫头，倚着那人品模样，似乎有点委屈了她，然按照一般意义上"妻不如妾"的说法，通房丫头连妾都不算，倒是更容易得宠的，所以苏州的面馆家家生意都好，只要味道地道。苏帮菜因为用料讲究，做工精细，又是"不时不食"，四季吃得分明，许多材料，都是应季而生，唯苏州独有，在外地很难依葫芦画瓢，但是面馆却异军突起，在上海等地都牢牢站稳了脚跟，生意好到爆棚，靠的还是一个讲究。

面条的灵魂在于汤，汤要用鸡骨架、鸭骨架、豚骨、黄鳝骨头等长熬而成，调味也要得当，苏州人都吃细面条，家家面馆的面条都是同一副面孔，要下的还是汤与浇头的功夫，浇头有炒肉、大排、熏鱼、素交、咸菜肉丝、荷包蛋等等，到了夏天则有"三虾面"，即将新鲜虾仁、虾籽、虾黄炒成浇头，也就是出现那么一阵子，虽然价格昂贵，但是许多苏州人都会排队尝鲜，因为每日供应有限，还要早起凭着运气吃到，此外，还有枫镇大面、两面黄、风扇凉面、奥灶面，都是面食爱好者不可错过的经典口味。

张爱玲到西湖"楼外楼"吃面，只将一碗面汤喝尽了，浇头也吃掉，道：宽汤窄面，那面最好窄到没有。我看了觉得惋惜，吃面喝汤，天经地义，但是真把那面条暴殄了，还是觉得于心不忍。唐鲁孙的书里有写一个夜摊子卖小馄饨的，只放一排调味罐，出馄饨时"这里抓一把，那里抓一把"，就可以把一碗白开水味道调得风生水起，我看了颇为惊异。苏州人都长了一条刁舌头，味精与高汤的味道，一尝即知，如果厨师调料放多了，吃罢后要喝大量的开水，容易被人"骂山门"，好在苏州话儒雅，即便是抱怨，也像隔靴搔痒。

灵岩山的一碗面，也是令我印象深刻，若说滋味，与苏州城里的面条比起来，它就是一个乡野村妇，但是那种朴质的味道，也是城里的小家碧玉所无法比拟的。我对山林一直心存好感与敬畏，觉得人是不能离地气的，更何况山林更有仙骨，像祭祖一样每年都去，去的话，除了吃茶，还要吃碗面，这一行才算圆满了。

灵岩山的面，味道经年不变，面条也比城里的粗与硬，素油炒的油面筋与香菇山笋，面汤醇美，在山间穿行后胃口出色，这里鲜有浪费。我很喜欢在那老旧的木头隔窗边上坐着,看那青翠山色,面堂里昏暗,墙上挂着一幅僧侣画作,泛黄卷面,岁月悠长,有点隔世之感。台湾饭食里有"早古味"一说,我觉得用在这里是很适宜的,虽然意与味,都是那么大相径庭。

# 心灵之旅

姜 娜

火车，一路向西。

最初的几个小时，是在拥挤和忙乱中度过的。手里捏着那张薄薄的车票，眼睛不住地打量铺号寻找属于自己的位置。将沉重的行李束于高阁，钻进那个叫"中铺"的小格子里安身，无论是就餐、如厕还是其他任何活动，都免不了一番上上下下的攀爬。直到将重要的东西收好、常用的放在易取处、证件装到衣袋里以备随时查验、才将攀爬次数减到最低值。我庆幸自己积累到这样的经验，虽然级别不高，却仿佛是人生路上做好的某种重要规划。收拾妥当，列车已经驶过了济南。之前路经的青州、章丘都是很有名气的城市，流淌着一个个讲不完道不尽的历史传说与名人故事，可惜都在行程中被我上上下下的攀爬错过了，就像生命里错过的某些人那样，空留遗憾。

铁路两侧，是不尽的风景，平房、楼房，破旧的、崭新的；

草地、池塘、树林、庄稼，远的、近的。见得最多的，是飞驰而过的枕木，还有线路铁架，列车从它的长臂下依次穿过，好像永远没有尽头。行至徐州站，反倒叫我想起台儿庄，惨烈的台儿庄战役。1938年3月20日，日军集中4万人，充以坦克、大炮，自台儿庄发动猛烈进攻。正所谓"项庄舞剑意在沛公"，日军进攻台儿庄，真正目的却是妄图攻占交通枢纽城市徐州。所称徐州，正是这里。中国军民奋起反抗，历经月余取得胜利。但是，台儿庄，那座千年的古城，却毁于敌人的炮火之中。趁着列车停靠的几分钟，我打量徐州，这座台儿庄战役"背后"的战略要城，此刻已淹没在茫茫的夜色里。从徐州，到台儿庄战役；从"甲午战争""九一八事变""卢沟桥事变""南京大屠杀"，这桩桩件件，无一不与那个岛国有关，甚至不久前的"保钓"风云，也与它脱不了干系。我想，每个中国人都应牢记历史，不忘过去，无论什么时候，都要爱祖国、爱人民，团结一心、一致对外。

　　车厢内的旅客，形形色色。按照"百年修得同船渡"的说法，我们同车的旅人肯定是前世有缘。古时的渡船顶多能载几十人，现在的列车轻而易举地载客上千，对比一下数字，我们今人修炼到的"法力"似乎要比古人高深许多。可是，细究一下，工业化的进程、现代化的发展、快节奏的生活，将今人的急功近利、冷漠、欺诈，屡屡暴露得一览无余。我突然领悟"修行"二字，坚持用正确的方法做好每件事，这大概就是修行吧。如果每人都克己修行，按规则行事，那负面的东西定然会减少，世间会更加祥和、美好。

　　我们西行的目的，是前往一所高原小学资助那里的孩子。离高原越来越近，出现在我们面前的是雄伟的山峦、荒芜的沙砾地，许多地方寸草不生。进入高原，换乘大巴，道路崎岖难走。许多路段，一侧是险峻的山崖，另一侧就是深不见底的沟壑，交通十分不便。好比是乘坐了惊险、刺激的"过山车",大巴顺山路上下起伏、左弯右拐。什么"峰回路转",什么"车到山前必有路",什么"一夫当关万夫莫开",在这里都悉数经历。据说,山里适用"隔空喊话",意即因为沟壑的阻隔,人们隔山相望,但彼此真正相见往往要花上几天的时间,见面远不如隔山喊话来得方便。这里海拔较高,太阳辐射很强,但大部分地区热量不足,年平均气温仅为-5.8℃到8.6℃,相对于我们的两年三熟,高原的农作物一年只能成熟一次。每年6~8月,短暂的生长期里,各类作物都要急匆匆地完成一次生命的轮回。而更为寒冷、作物难以成熟的地区,只适宜放牧,所以许多农户年收入仅有两三千元,甚至五六百元,收入如此之低,难免得就有孩子因为经济困难上不起学……

终于,在一个阳光灿烂的上午,我们与那群高原学子见面了。看到我们的到来,一张张被紫外线晒得绛红的小脸,露出开心的笑容。他们人头攒动,雀跃着、私语着,大概是在猜想我们当中到底哪一个才是与他们对应的结扶对象。淳朴的孩子们用歌声和舞蹈表示欢迎,我们也报以热烈的掌声,给各自的"孩子"背上书包,手拉手交谈。从开始的怯生生到后来的熟稔起来,我认为,是热情和爱心缩短了彼此的距离。坐下之后,我们谈起高原的生活、学习;也尽可能多地给孩子讲述山外的世界,开阔他们的视野、让他们懂得人生并不仅限于种地、放羊;鼓励孩子好好学习,将来实现自己的理想。

午饭后的家访,我们在老师的陪伴下驱车前往。道路未经硬化,尘土飞扬;路面也是坑洼不平,又窄又陡。村口下车后,我们步行了很远才到青(化名)的家里。这样的交通条件下,村里的孩子要在清晨打着手电步行十几里山路去上学。这与我们内地便捷的交通网络、多样的出行方式、接送孩子上下学的各类私家车形成鲜明的对比。通过家访，我们了解到，我的帮扶学生——青，原本有和美的家庭，父母、两个姐姐。不料几年前，父亲突发疾病，几经抢救，还是没有挽救回他年轻的生命。家里没有了男劳力，治病借的外债要还，生活却要继续，青的母亲只得带着三个女儿艰难度日。除了统一购买的书包、学习用品，我还额外准备了助学金、御寒的围巾和手套。严寒的高原，这些东西肯定会派上用场。为了丰富青的精神文化生活，我带来我们当地文联主办的文艺杂志，建议她多读书，读好书。文学可以陶冶我们的情操，洁净我们的心灵；能够促进社会进步，改变我们的世界。而对于这些未成年的孩子来说，优秀的文学作品，更有助于他们树立正确的人生观、世界观、价值观，也有助于孩子了解山外的世界，开阔他们的视野，懂得人生的真正含义。

助学团里的季大姐，帮扶了四个孩子。此刻，他们拥在大姐身边，依恋着母亲一般。这四个孩子，两个没有了母亲，两个父母双亡跟着年迈的爷爷奶奶过，简直是缺吃少穿、困苦得很。季姐随身带来的特大号旅行袋里，满满的是给孩子们的衣物。看到他们倒塌的土墙、破旧的门板，不像样的家具，我们不由得心酸、心痛。季姐成了孩子们的妈妈，给予他们爱的叮咛、爱的呵护，"孩子们只要上学，我就供"，她满眼泪水却语气坚定，恨不得将孩子们带回到家精心抚养。

与孩子们对视，我读懂他们眼里的渴盼、期望、欣喜，也能体会他们的忧郁、困苦、无助。他们食无饱，居无安；小小的年纪就用柔弱的肩扛起生活的重担，肩挑背扛、驱牛耕地……对于那些生活困苦、确需帮助的家庭，我们的到来确实为他们带来一丝慰藉，可我们也能感受到一种来自内心深处的不安。不安，源于他们既定的生活程序已经被我们打乱。原本是农忙的季节，他们放下地里的农收活、腾出时间接待我们。我们微不足道的付出，意想不到地受到他们热烈的回应。其实，我并不奢望能被感恩戴德，只是希望能够给高原的孩子一份关爱、一种前进的动力，帮他们渡过难关，实现求学的梦想。

　　走在乡间，不断有人热情地跟我们打招呼。陪同的老师说，当地人善良、淳朴、温厚，路不拾遗、夜不闭户，在这片高原上安静地过着属于自己的生活。贫富不争、尊崇万物平等，他们的内心平静、安定、纯净，像一颗颗未经雕琢的璞玉，他们完全想不到喧闹的都市里有焦虑怨恨、怒目相向的人类，有横冲直撞、惹是生非的车辆，那各种暗条例潜规则，已经破坏了原有的平等与和谐。大概，安宁和谐的这里，才是人间的净土吧！

　　一路走来，我不断地思考这次不同寻常的旅行。旅行，大概就是以旁观者的眼光观察身边的景物和事物，感受自己的贫乏和无知，反观自己的生活，寻找真实的自己。回想这次旅行，我的初衷是助学，本意是"付出"，但我却从这一路中"得到"许多，有体会、有感悟、有人生的真谛。

　　这，是我的心灵之旅。

# 听 香
——最怀念的味道

菲 儿

我记忆中的奶奶,永远是沉静的、优雅的、亲和的……

还有许多美好的词,用于奶奶的身上一点不过分。她的形象在我的心目中永远是最美好的。

奶奶是真正的大家闺秀,她的一举手一投足,无不得体优雅,从小就令我为之着迷。但后来,由于家道中落,她的生存质量如从断崖坠落般,一落千丈。别的都不必说了,物质上的羞辱、欺凌、匮乏等等,就是日常起码的生活,也只能靠着奶奶一那一双灵巧的手做些针线活,才能勉强维持生计。

但奶奶从不在我们面前抱怨。她依然沉静淡定,仿佛什么也没改变一样,从容面对着突如其来的人生风雨。但常年的生活困苦,毕竟不是容易应付的。奶奶不幸患了眼疾。在那种常常食不果腹的年代,这可不是一般的毛病,也不可能有良好的医治条件。奶奶,双目失明了。

　　失明后的奶奶，脸上依然常见淡淡的微笑。每天清晨起来，依然一丝不苟地梳理着她那日渐稀少的秀发。然后端坐在桌前，摸索着从一只残破的茶罐里，小心地用小勺勾出少许茶叶，放入一只白瓷碗里，再颤巍巍地站起来，摸索着拿过水瓶，向碗中倒入温度适中的开水。接下来，她便会满怀着什么期望似的，捧起茶碗轻轻地、温情脉脉地摇晃着。

　　"奶奶，香吗？"我看着端庄而近乎虔诚的奶奶，问道。

　　"香，真香。"奶奶嘴角含笑地抿了一小口，问我："给我说说茶叶是怎么样的？"

　　"哦，奶奶，碗里的茶叶都在跳舞呢。有的茶叶在往下跳，有的躺在水上面轻轻翻腾……"

　　奶奶入神地听着，又抿了一大口茶说："真是香啊……"

　　长大后，历经生活起伏磨砺的我，渐渐地明白了，为什么面临如此困境的奶奶，依然每天要品茶。奶奶坚守的是一种生活态度，就如茶叶最终在水中的姿态，自在从容，沉静淡定。

　　多年来，奶奶常常走进我的梦中。而且往往就那么安详地坐在我面前悠然地品茶。

　　我想，天堂里的奶奶，是要继续听我讲述那关于茶叶的美妙与芳香。

　　十一年前，我找到了仪征庙山的一大块土地。当时这里一片荒芜，杂草丛生，满目凄清。但我看中的正是这淳朴原始的状态。这里从没有过工业，因此土壤没有被重金属污染。这里地势起伏又缺水，农民无法耕种，因此土壤也没有被化肥农药侵害。

　　我要在这里培育我心目中的奶奶最喜欢的好茶。

　　我们围绕着山坡挖了水系，浇灌茶树的全是来自天上的自然水。

将茶苗栽种在二十几年的板栗树林下。炎夏，板栗树叶为茶树遮挡烈日；寒冬，板栗树枝为它挡风抗霜；茶树吸取了板栗树的精华，再用手工炒制出的茶叶便别有了韵致。饮者都夸它入口回甘、沁人心田。

就这样，我以一颗虔诚的心，做出一款纯净的茶。

润德菲尔庄园是它的家，我为它取名：听香。

听香——

如最初相识的温凉，日日夜夜的期待。哪怕再多时间的流逝，也始终飘逸着我最怀念的味道。

奶奶——

你听到了吗？

乡　韵 〈〈〈

# 日暮乡关何处是
## ——关于一座村庄的思考

徐 可

一

寒风凛冽,寒意刺骨。站在一大片沉睡的农田前,我思绪万千。

这里,曾经是我的老家,现在已夷为平地;这里,曾经是我的村庄,现在已不见踪影。

这是2016年2月14日,农历正月初七。我回到我出生的地方,去寻找我的村庄。

我的老家,在江苏中部通海平原的乡村。四年前,在一场规模浩大的拆迁运动中,我老家房屋跟6500多户农屋一起变成残砖废瓦。一座建了两年多的两层小楼变成几十万元人民币;而我的父母和他们的邻居们一起，都搬到县城附近的一个大型小区，变成了准"城里人"。拆迁腾出的8538多亩农用地，8000多亩建设用地，被政府用来建设"万顷良田"工程，采取承包的方式，发展规模化、集约化、高效化农业。

客观地说，拆迁之后，老家的居住条件、交通条件、生活条件都大为改善。政府给的拆迁补偿款还算充裕，买了一套两层200多平方米的单元房后，还有一些盈余。小区紧邻一条国道、一条高速公路和多条公路，交通极为便利。但是我还是想念我生于斯长于斯的那个村庄。虽然我知道，那里除了大片大片的农田已无一户农家，但是我还是想去看看，它现在究竟变成什么样了。

那天早上，吃过早饭，侄子就开车带我出发了。我的村庄位于本市（县级市）的大西北，西、北两个方向都与邻县接壤。从位于县城北郊的小区出来，沿着公路西行，一路房屋渐渐稀少，公路两侧是大片大片的农田。过了过去乡政府所在地不远右转向北，路西农田中有一幢旧屋子，孤零零地立在那里。侄子告诉我，这是一家"钉子户"，儿子在外地工作，家中只有老两口，起初坚决拒绝拆迁。后来因为生活诸多不便，找到政府要求拆迁，因已过拆迁时限，被拒绝。

再向北是一条东西向的小河，过了河顺着河边的乡间简易公路继续西行，就离我家越来越近了。小河很窄，但由东向西绵延很长，直到我家门前截止。至今我们都不知道它叫什么名字，从何而来。小河在我家南面，姑且叫它南河吧。河面结着薄薄的冰，看得出水还是比较干净的。回想起拆迁之前回老家，看到的河水是污浊的。小河两岸，目力所及的范围内，已经见不到房屋，只有一望无际的农田，种着庄稼，估计应该是小麦。

汽车终于开到小河的尽头，一个丁字路口。这条路是本市通往邻县的一条乡间公路，从丁字路口向北继续前行就可以去往邻县。过去此处属于"交通要道"，白天黑夜有各种车辆不停地驶过。起初是自行车、拖拉机，然后是摩托车、卡车，后来有了面包车、小轿车，大多很旧，偶尔也有光鲜一点的。丁字路口的东北角，就是过去我家所在地了。我家的房屋，以及屋后的竹园，曾经是一个"路标"。现在，这一切已经荡然无存。

　　我们下车，冒着严寒，四处张望，一边感慨，一边拿出手机咔咔地照相。这里，全部变成了农田，一点都看不出当年的痕迹了。如果我是一个外来者，我完全想象不出这里曾经是密集的居住地。在我家东边，有一条南北向的小河（姑且称之为"东河"），与南河形成"T"字形。由东河到公路之间，顺着南河北岸，一字排开有四户人家。现在，我看着这短短的距离，无论如何也想象不出当年何以能够装下四户人家。

　　寒风呼啸着直往领子里钻，厚厚的羽绒服也挡不住袭人的寒意，拿着手机的手冻得发僵。我们匆匆拍了几张照片，便赶紧上车，顺着河南岸的马路返回。河中停着一艘船，相对于这样的小河，算是一条大船，船上有集装箱房。侄子告诉我，这条河已经被人承包用来养鱼了，承包人家就住在这艘"船房"上。想到这条河里的水曾经被污染得不能饮用，水里的鱼当地百姓都不敢吃，真的很有感慨！然后又看到当年村委会所在地的两座小石桥，仍然完好无损地立在河面上，下来照了几张相。又开了一段，河南农田里出现了一群劳作的农民，大概有二十多个。这是我们这一路以来唯一一次看到的农人，估计是承包商雇佣的农民。我们摇下车窗照相。农民们一点也不怯生。他们大声地问我们是不是记者？是从哪儿来的？我如实地回答了他们，然后挥手再见。很惭愧，北风呼啸，我实在鼓不起勇气走进严寒里，只是在车里跟他们聊了几句就匆匆离开。与家乡的父老乡亲相比，我实在是太娇贵了。

  一路上，我的脑海里不断回想起鲁迅的《故乡》，回想起《故乡》里描述的情景。同样是深冬，同样是阴晦的天气，同样是呜呜的冷风，同样是苍黄的天，同样是萧索的荒村——不，连萧索的荒村都没有，干脆就没有村庄；可是很奇怪，我并没有产生想象中应该出现的那种悲凉的情绪，我也没有人们千呼万唤的最时髦的乡愁。我记得，若干年前，当我的村庄还在的时候，每年冬天回来，我的心情都很悲凉的。可是今天我没有。当然我也没有特别的欣喜。我的心情很平静，一点波澜也没有。

  可是，在我的内心深处，总是隐隐约约觉得有哪里不对劲，或者说，有一点隐痛。可是当我使劲寻找，它却不知藏身何处。

  我的故乡，田园犹在，只是，村庄消失了。我是该庆幸还是该惋惜？

## 二

  其实，说村庄消失了，未免有点矫情。因为，在我的故乡，我从来就没有过村庄的感觉。

  我的故乡，地少人多。记得幼时，河汊密布，出门就是水，人们多逐水而居。后来大概是大办农业的结果，很多小河小沟被填了，主要的河流只剩下了南河和东河，另外还有一些不长的小河。可能是统一规划的缘故，所有的人家都住在河边。南河、东河两岸，一幢房子接着一幢房子，一字排开，每家之间几乎紧挨着。最早多是三间或四间草房，后来是瓦房、楼房。几乎没有人家有院子，当然也就没有围墙。

  当人民公社还在的时候，每个大队分成若干个生产队，各个生产队相对集中居住在一个区域。比如我家所在的四队，就在南河东河西北这一块；河东是九队；河南是一队、三队。至于有没有别的生产队，如果有的话它们在哪里，我是一点也想不起来了。每个生产队有一个仓库，仓库旁边有牛圈，有值班室，仓库前面则是一个大的麦场，这是队里唯一的公共活动场所，队里的开会、文艺演出都在这里举行。等到公社解散了，连这个场地也没有了。也许是多年的习惯使然，大家还是叫着"大队"，很少有人叫"村"，我的脑子里也没有村的概念。

等我后来从小说里，从电影里，看到北方的农村时，我非常惊讶，原来所谓的村子是这样的！那边的村庄，就像城堡一样，是相对封闭的，各家各户都聚居在一起。村庄有"村口"，外人要进村，就得从村口进来。如果适当防卫，外人是很难进来的。所以，在电影《地道战》中，有那句流传至今的台词："鬼子进村喽！——"村庄里，有巷子，还有街道。前街后街，东街西街，就像城里一样。每家每户都有院子，家境好一点的有院墙和院门，差一点的也有篱笆墙。那里的孩子们，还可以利用这样的建筑和地形结构捉迷藏，多了一份乐趣。反过来看我们，哪有什么村庄啊，完全是开放式的，四通八达，外人可以从任何一个方向进来——不，不是"进来"，而是"过来"，因为根本就无村可进。我们也无法"躲猫猫"，因为根本就无处可藏，除非躲到人家屋里。这不免让我对自己的家乡产生了一丝失望，对北方乡村充满羡慕。

到得后来，当我有机会看到全国各地风格各异、时间或长或短的古村落时，我对家乡的所谓"村庄"更加绝望了。与那些古色古香、历史悠久、文化积淀深厚的古村落相比，我们那儿连村庄都算不上！那些千篇一律的房屋，毫无特色，没有过任何美感。

当然，幼时的我们并没有想这么多，我们自有我们的乐趣。家乡是一马平川的平原，小学旁边的一个小土丘就成了我们眼里的小山。我们在小土丘上钻树林，玩打仗，不亦乐乎。生产队里的小河也是我们的"战场"。我们几个小伙伴分属敌我两个阵营，分别趴在小河两岸，向对方"开火"；当一方指挥员发出"冲啊！——"的号令后，双方就发起冲锋，展开肉搏战，直至一方认输为止。

门前的小河更是小伙伴们的乐园。每到夏天，我们就脱得光光的，跳到河里游水玩耍。河水清清，可以看到河底的沙土，看到水中漂浮的水草，游来游去的小鱼小虾，有一次还与一条小蛇不期而遇。小河不宽，我们可以从南岸到北岸连游好几个来回。有时憋一口长气，潜入水下，从河底"爬"到对岸。玩累了，用自制的鱼钩钓几条小鱼小虾，拿回家就是一顿美味的佐餐小菜。

小孩子的心总是很容易满足的。虽然没有北方那样城堡似的村庄，但是我们在田野里、在小河里也能找到自己的乐趣。

这么多年来，最让我留恋的，还是乡亲们的单纯、淳朴、真诚、善良，是他们的吃苦耐劳、幽默知足，是那种亲如一家的邻里关系。我对其他地方的人民没有深入的了解，我始终认为，我的乡亲们是天下最好的人。除了极个别公认的恶人外，我真想不出还有什么坏人。我的家乡曾经遍布刺槐。我的乡亲们就像刺槐一样淳朴，像刺槐一样笨拙，像刺槐一样憨厚，像刺槐一样本分。他们没有文化，不善言辞，胆小怕事，但是他们的心地是多么善良！小的时候，家家都穷，但凡谁家做点好吃的，一定会先送给左邻右舍尝尝。我还记得有一次，一位大婶家炸了麻团（一种用糯米粉做的油炸品），恰巧我从她家门前经过，大婶非拉我去家里吃；我不肯，她便用筷子串了一串送给我。我在前面跑，她在后面追，一直追到我家里，躲无可躲，我才在母亲的劝说下接过来。他们对别人的好，是那种掏心窝子的好。谁家有事，邻居会自发上门帮忙；要是哪家有人"老了",那些多年的老伙计会上门来默默地坐着,陪着逝者,一句话也不说,只是那么沉默地坐着,偶尔叹一口气;妇女们则会陪着家里的女人们流泪、安慰,帮着折纸钱、干活。他们是那么勤劳,从来也不把劳作视为苦事。那些特别勤快的,简直一秒也闲不住。我的二姑父就是这样一个"勤快人"。他有一手扎笤帚、编簸箕的手艺。每次来我家,除了吃饭的工夫,他都在不停地干活,给我家一年的笤帚、簸箕都做好了。我的父亲也是出名的勤快,他生前曾到北京来住过几年,劳作了一辈子,我想让他享几年清福,可是一旦闲下来,他浑身难受,家里的那点家务活儿简直不够他"塞牙缝"。回到那片土地上后,他才找到了"感觉"。

多年以后,当我在远离家乡的异地回想起我在家乡的童年生活时,想起那些质朴而善良的乡亲,我的心里还是无限温暖,以至一次次双眸湿润。

## 三

如果我按照前面的思路写下去的话,很容易写出一篇充满温馨回忆的美文来,把我的家乡描绘得如同人间乐园一般。这正是很多人乐此不疲的事情。然而事实上,我的童年远非这么美好,这些童年回忆只是苦难岁月中的一点点微弱亮色而已。我的童年是在饥饿和贫穷中度过的,即使经过岁月的沉淀,即使我努力过滤掉童年的苦日子,我还是无法忘记当年挨饿的感觉,无法忘记贫穷的耻辱。我努力不去回忆痛苦,并不代表我已经忘记了痛苦。现在很多人在呼唤乡愁的时候,动辄把过去的乡村描绘得像世外桃源一般美好和幸福,我不知道是他们所处的乡村确实如此,还是他们的记忆短路。

在相当长时期中，贫穷和饥饿是中国人民特别是中国农民共同的记忆。回顾历史，似乎没有哪个朝代的农村是富庶的。即使是在被称为"鱼米之乡"的我的家乡，也是如此。我从考上县城的重点中学，到上大学、参加工作，最盼的是回家，最怕的也是回家。每次回家，看到家乡的破败，家乡的贫穷落后，看到一家一家破旧的草屋，听着父母哀叹生活的艰难，我的心就一下一下地往下沉。尤其是冬天回家，那种感觉就跟鲁迅《故乡》里写的一模一样，无限悲凉。

如果这就是一些人呼唤的乡村的话，我宁可不要这种乡村；如果这就是一些人念念不忘的乡愁的话，我宁可不要这么愁！我坚信绝大多数中国农民更不需要这种愁！

当然，这样的状况在慢慢改变，我的心境也在慢慢改变。农民的生活慢慢变好了，一家一家的草房慢慢变成瓦房了。到后来，一家一家的瓦房又变成了楼房。

大概在十几年前，故乡的面貌终于有了很大的变化，农民的生活有了很大的改善。当地政府在发展经济、改善民生方面确实功不可没。此后每次回家，看到家乡的变化，心中就异常欣喜。我衷心地感谢当地政府，终于带领家乡父老改变了贫穷落后的面貌。

然而，家乡人民为这来之不易的温饱，也付出了巨大的代价。这也是全国农村出现的共同问题，并非我家乡所独有。

最严重的是污染。并不是工业污染，而是农民们自己污染。我的村子地处偏僻，没有受到企业的污染；但是富裕起来的农民普遍没有环保意识，他们把自己家的垃圾、脏水随意往河边倒，污染了土地，污染了河水。没有人去教育他们，也没有人去管理他们。我小时候那么喜欢的清清的小河变成了臭河，没有人敢下河游泳了，河水、井水不能喝了，河里的鱼没人敢吃了。因为滥用农药和化肥，土地也被污染了，农民们不敢吃自己种的粮食。他们有自己专用的地，用来给自己家人种粮食。他们专门养两头猪，供自己家人吃肉。

还有乡村伦理的沦丧。在漫长的农耕时代，家乡形成了一整套不成文的乡村伦理，成为村民们共同遵守的道德准则。比如孝顺、诚实、友善、勤劳、节俭，等等。忤逆长辈，好吃懒做，欺骗他人，挥霍浪费，以强凌弱，这些行为会遭到普遍的唾弃。然而近十几年来，这些道德规范已经基本土崩瓦解。不孝顺长辈的多了，游手好闲的多了，赌博的多了，骗子也比过去多了。有虐待老母者，待之不如猪狗，不给她饭吃，动辄打骂，污言秽语不堪入耳。村人皆怜之，却爱莫能助。我的母亲心善，有时会偷偷地叫她到我们家吃饭，还不敢让那个孽子知道。

刚刚解决温饱的乡村，又陷入了另一种贫困，我不知道我心目中的村庄在哪里。

## 四

现在，原本就模模糊糊的村庄，干脆彻底消失了。

我们现在居住的这个小区，是当地的拆迁安置示范区。小区规模很大，据说有一万多居民，配套设施齐全，绿化面积大，环境还算不错，是当地政府对外宣传的窗口。

长期与土地打交道的农民，很快就习惯了"城里人"的生活，虽然他们身上免不了还有农民的习气。年轻人出去打工，有的去了远方的大城市，扔下老婆孩子和老人在家里，一年回来一两次。不愿出远门的，在附近的企业、公司总能找到一份工作。他们早出晚归，开着小汽车，穿着时髦，拿着最新款的手机，几乎与城里人毫无二致。小区里还是老人们居多,他们在楼下晒着太阳,打打牌,聊聊天,一天天消磨着时光。那些过去勤快得闲不下来的老人,在自家屋前草地上种点花、种点树、种点蔬菜,侍弄着它们,给无所事事的双手一点点安慰。这样的生活,对于穷了几十年的乡民们来说,是再幸福不过了。

那些腾出来的大片大片土地,被有钱的老板承包下来了。他们享受着政府给予的优惠政策,雇佣一些农民为他们种地,把过去一家一户的个体生产变成了规模化、集约化的大生产。这也正是我们过去梦寐以求的生产方式。不过听说,有的老板承包了土地,用完了两年优惠政策后就跑了,扔下的农田没人种。这只是听说,我并没有亲见被抛荒的土地。

无论如何,不管出现什么情况,我相信消失的村庄不会再回来了,进了城的农民们大多不会再回到土地上去了。诗人们怀念的"阡陌相通,鸡犬之声相闻"的农家景象不会再回来了。这毕竟是时代进步的标志,是多少代人企盼的生活啊!

现在,乡愁成了一个时髦的词汇。确实,在推进城镇化的进程中,一座一座村庄消失了。这的确是一件令人遗憾的事情。在提高农民生活水平和保护村庄之间,怎么找到一个平衡点,确实考验领导者的智慧。如何才能做到"望得见山,看得见水,记得住乡愁"?

记得住乡愁,首先要保住我们美丽的乡村,要留得住青山,存得住绿水。这些年来,那些承载着历史和文化记忆的古村落急剧消失,让人痛心!如果在建设的同时再来一次新的破坏和污染,那将与其目标背道而驰。从我的观察看,家乡在农村环境保护方面做得是好的。家乡没有古村落,政府把农民大规模拆迁后,并没有用换来的土地建设工业企业,而是用来发展大农业,使原本面临抛荒的土地有人耕种。这无疑是一条正确的道路。农民集中居住了，农村并没有消失。这不但保护了耕地，也保证了粮食安全。

在开发过程中，不但没有出现新的污染，而且农村环境还有所好转，河水的变清就是一个明证。现在我担心的是在种植中是否还在滥用化肥和农药？如果这一点能杜绝的话，真是善莫大焉！

与有形的村庄相比，我更怀念的是无形的"村庄"——那种流传数千载、蕴含在乡民们身上的乡村文化和乡村精神。恐怕这才是乡愁的核心。

什么是乡村文化、乡村精神？我没有看到过现成答案，我也给不出标准答案。对于我来说，乡愁，就是对于过往乡村生活的依恋，对于乡民们特有品质的怀想。在新农村建设中，怎样让乡村文化、乡村精神重新回到人们心中，让乡愁"诗意地栖居"，这是比保护物质的村庄艰难百倍的难题。

数千年的农耕文明时代，在以儒家文化为代表的传统文化影响下，中国乡村形成了独特的乡村文化和乡村精神。这种文化和精神不是写在纸上的，而是融入乡民们骨髓中，体现在他们的行动上。比如，对于儒家所提倡的"仁义礼智信，温良恭俭让，忠孝廉耻勇"，乡民们也许讲不出什么大道理，但是他们绝对是忠实的、自觉或不自觉的实践者。就以孝来说。"百善孝为先"，古人把孝视为百善之首。孝道文化是中国优秀传统文化的核心。孝顺为荣，不孝为耻，这是乡民根深蒂固的观念。他们也许没有听说过"老吾老，以及人之老"的祖训，但是孝敬自家的长辈、尊重所有的长辈，是一种天经地义、理所当然、不用任何道理的行为，不孝之子、忤逆之子受到普遍的唾弃。这些包含许多积极健康内容的乡村文化和乡村精神，是几千年来维护乡村秩序和乡村伦理的无形规则。当然，其中也有糟粕，这是我们应该剔除的。然而，随着市场经济的发展，这些为乡民们所自觉遵循的规则早已失去效力，乡村秩序早已不复存在。如何涵养乡村文化，培育乡村精神，重构乡村秩序，确实是一件艰巨任务，也是一个不容回避的话题。

乡愁是我们精神世界中，永远都不能够抹去的一抹暖色。我们呼唤乡愁，绝对不是要再回到过去那种贫穷的生活中去。与保护古村落同等重要或者比前者更重要的，是涵养乡村文化、培育乡村精神，让乡愁"诗意地栖居"。我们不能死守着历史抱残守缺，而是要从现实中寻找答案，让乡愁长驻在我们的心灵深处。

我仍然怀念我的村庄。

我的村庄，你还能回来吗？

## 我的寒假（外一篇）

徐兆熊

那年的寒假三十天，是史上最长寒假。不过很多学生除完成老师布置的寒假作业，还要去老师家补课，或参加家长为之安排的各类兴趣班，真正能享受寒假的学生可能不多。

想着现在中小学生有"寒"无"假"，我不禁忆起乐趣很多的儿时寒假。

20世纪50年代末60年代初，我上小学初中。那时学校每年腊月二十左右放寒假，正月十三左右开学，时间一般二十四五天。寒假中，我除了完成老师布置的寒假作业，其他时间基本以玩为主。

玩得最多的就是放风筝。

上小学低年级时，我不会扎风筝，只能放"草纸佬儿"。做"草纸佬儿"很简单，从作业本子上撕下一张纸，两次对折，先在交叉点撕一个小洞，后把四个角齐折各撕成一个小洞，然后从草屋屋檐下拔下四根麦草，两根一股，交叉斜穿在一排三个孔内，"草纸佬儿"就做成了。放"草纸佬儿"的线是母亲缝被子的棉线，或是合成几股的旧袜子拆成的棉纱。我把棉纱或棉线扣到"草纸佬儿"中间的交叉点上，迎风慢慢放线，"草纸佬儿"就会越飞越高。

到上小学高年级时，我会自己扎风筝放了。放寒假后，我缠着奶奶到屋后的竹园中砍一根竹子，去除竹枝后请邻居的王大爷把竹子劈成六开，削去篾黄。回来后，我按长宽约1.5∶1的比例，断下四根篾子，扎一个长方形，再断4根比宽度长一点的竹篾，扎一个对角与风筝等长的正方形，再用棉线把正方形叠在长方形上用棉线扎紧，这样一个"六角"风筝就扎好了。接着我又让奶奶打糨糊。我先把糨糊涂在竹篾正面，再找一张旧报纸或几张旧作业本上的纸糊上去，风筝就扎成了。等风筝干后，找来三根纳鞋底的棉线，分别扣在风筝上面两个角和中间交叉点上，找来一根长草绳，两端扎在风筝下边的两个角上，做成"裤裆"，找一根草绳系在"裤裆"正中，算是尾巴，再把事先准备好的30～40米的放风筝的细麻绳或粗棉线一头扣到风筝的牵线上，一人放，几人背，放的人手一松，背的人一齐背着跑，风筝就上天了。等到风筝上了天，再渐渐放线，风筝就越飞越高，停在空中不动了，只有尾巴在轻轻飘动。虽然寒冬腊月，但放风筝并不感觉冷，有时还会跑得满头大汗。

记忆中，我儿时寒假的天气要比现在冷得多。下雪后融雪时，屋檐上结成的冰凌都有尺把长。我们还常掰下来当冰棍吃。每逢遇到下雪天或特别冷的天，妈妈早饭后总是帮我挑好火炉。她先在火炉内放上一些花生壳、棉花壳等，然后用铁锹挑灶膛里煮早饭后尚有余火的草灰，放在上面。火炉是全铜的，炉盖上有100多个黄豆大小的圆孔。早饭后，我双脚烘着火炉做作业。个把小时后，我就丢下作业带着弟妹们用火炉烤东西吃。我找奶奶要来花生、蚕豆、玉米，有时还会从房前屋后的树上找来枯扁豆。我把这些东西一排排地放在火炉里，然后守着火炉等，有时还用嘴吹风，加快东西烤熟的时间。等到烤得冒烟了，就用小树枝或筷子翻动一下，一会儿烤熟了，就轮流吃。如果烤玉米，还会发出"啪"的爆炸声，常常把眼睛盯着炉中烤物的我们吓一大跳。不过，爆炸后的玉米就成了爆米花，那是最好吃的。

寒假中，我们还有一个任务就是拾草。所谓拾草就到生产队的河边、隙地上拾枯树枝、枯草、枯树叶，因为那时火草紧张。有时到生产队种花生的田头河坡上拾草时发现老鼠洞，我们就挖。因为挖这种地方的老鼠洞，常常有意想不到的收获。有一次，我去拾草，拾到一块花生田的河岸边，发现了两个老鼠洞，我就沿着老鼠洞挖，各挖了5~6米长，就发现了满洞的花生角儿，一共挖了半竹篮。不过，这种花生角儿是不能生剥着吃的。因为是老鼠嘴咬过的，说不定有鼠疫，只能回家洗净晒干后炒熟了吃。

20世纪五六十年代，农村没有方整化，沟塘特别多。我们生产队和邻队搭界就是一条长约300多米的小河。小河东头宽，西头窄。好几年寒假中，我们都去那儿车水捉鱼。

车水摸鱼一般要上一天约好。第二天早饭后，我们分别带着粪桶、麻绳、铁锹来到河西头，先用铁锹挖泥打成四个小坝，把40多米长的小河截成三段。然后在粪桶底处系上麻绳，在粪桶两个耳子中间穿上麻绳。我们4人分成两组，先从两边往外车水。两人一手抓住粪桶耳子上的绳，一手抓住粪桶底上的绳。车水时两个人的动作要协调，粪桶口下水时要弯腰，一人左手高右手低，一人右手高、左手低，倒水时要直腰，一人左手低右手高，一人右手低，左手高。不一会儿，我们浑身冒汗，干脆脱掉棉衣和棉裤。看到河里水位渐渐降低，河草中有鱼儿游来游去，我们的干劲更足了。小河里水渐渐干了，大点的鱼躺在河泥上直蹦，小鱼、小泥鳅在浅水中直窜，还有河虾、河蚌、螺蛳，偶尔还有小乌龟。我们赤脚下水，从两头往中间捉，因为这样便于捉得清。

捉完了两边河塘的鱼虾后，我们又把中间一段两端的小坝开个小口子，让水流向两边塘中。等到三个塘的水平了，再把小坝加高加固，用粪桶继续车水。很快，中间塘里的水就车干了，又能捉到不少鱼、虾、河蚌、螺蛳。我们每次总能捉8~9斤鱼，10多斤河蚌、螺蛳，每人可分得2斤多鱼、虾，3斤多河蚌、螺蛳。

中午时分，我拎着战利品回家。奶奶见我给全家带来了一餐美味，心疼地说："哎呀，看你冻的，赶快洗脚穿棉鞋、换衣裳。"并连忙帮我端来装满热水的洗脚盆。我双脚泡在热水中，一股暖流直通心头。

寒假是少年儿童的专有假期，我衷心希望家长们还假于孩，让孩子们留下难忘的儿时寒假记忆。

## 扯 菱

我喜欢吃菱，每年夏秋菱上市，我会经常买些尝尝。不久前的一天早晨，老婆买菜回来，递给我一个小方便袋，说："你爱吃的菱。"我解开方便袋，只见菱角暗红，角角如样，拿了一个就吃。老婆说："别急，裸卖的菱，有灰尘，再煮一下，干净卫生。"老婆把菱清洗一遍，放在锅中煮开后装进盘子捧给我说："吃吧。"我用牙齿从菱中间咬开，一分为二，然后把中段放进口中用牙齿咬住菱角的末端，菱肉就滑进嘴中了。菱肉微甜、粉粉的、糯糯的，还有一股特有的清香。

小孙子见我吃菱，走过来也要吃。我用菜刀在砧板上把菱一切两开，然后把菱的末端放在口中，用牙齿轻轻一咬，菱肉就滑到手中。他一边吃一边说："真好吃！"他又问："爷爷，这是什么？"我告诉他："这是菱。""那菱长在什么树上的？"我说："菱不是长在树上的，是长在水里的，也叫'水中的花生'。"我和孙子吃着菱，儿时扯菱的情景便浮现在脑海中。

20世纪60年代，我家屋西有一条小河，南窄北宽，窄处一丈多，宽处3~4丈，像个躺着的葫芦。自从有记忆起，就记得河中每年都长菱，不过不是两角的大风菱，而是没有角的"和尚头"，还有两角和四角的菱，虽然从来不下菱种，但每年都是一河菱，大概是老菱自然脱落便成了菱种所致。记得我曾问祖父，为什么菱有没角的，有两角的，还有四角的。祖父告诉我，菱不仅有没角的，两角的和四角的，还有三角的呢。《武林志》上说，两角的叫菱，三角、四角的叫芰。两角的菱是家种改良的，四角菱是野生的，虽然四角菱最小，但也最香。我当时很佩服祖父懂得的东西真多。

春天，河里的水草露出水面时，菱也会从水中探出小脑袋，一根细细的茎上长着四片小叶，夹在水草中间，很不起眼。渐渐地菱叶子越长越多，越长越大。那菱叶很是有趣，叶片前段细细的，后端就渐渐地鼓起，又渐渐小去像个棒槌，轻摆一下就会冒出许多泡来。等到暑假之时，菱盘就会翘起来，你不让我，我不让你，挤满一河，水面上绿油油的，就像铺了一层厚厚的绿地毯，在太阳光下，绿得让人眼睛都睁不开。这时，菱还会开鲜艳的白花，细细的，弱弱的，点缀在绿叶之间，像害羞的少女看见陌生人似的，煞是好看。当然，这时的菱就即将要长菱角了。

暑假期间，我每次下河洗澡时，总要游到河中央，翻起菱盘子看看长菱了没有，一旦发现长了小菱，就激动不已，因为不久就可以扯菱了。

暑假末期,奶奶让我下河扯菱。我扛来家人洗澡用的长桶,这长桶只能承载我们十来岁小孩的重量,正适合我坐着扯菱。我把长桶一头搁在跳马(农家河边洗菜的跳板)板子上,一头浮在水上,轻轻地坐进长桶,身子前倾,让长桶离开跳马,然后两手在两边划水,分开菱盘,长桶便在菱盘间穿行。

扯菱时要左右开弓,轻轻拧起菱盘,摘下已长大长老的菱后,再轻轻放进水中。每次扯菱,我总是先尝为快。生吃要选不老的菱,用嘴咬断四个角,然后剥开菱壳,把嫩嫩的、白白的菱肉塞进嘴中,脆脆的、甜甜的。这时,站在岸上看我扯菱的妹妹和弟弟们就会在岸上喊:"哥哥,我也要吃菱!我也要吃菱!"见他们在岸上叫喊,我就抓两把菱扔给他们。不过向岸上扔菱动作不能太大,要保持重心平衡,如果失去平衡,长桶就会翻,人就落入水中。有一次,我扯菱向岸上扔菱时,由于用力过大,长桶失去平衡,翻了个底朝天,已扯的菱,老的全沉入水中,只剩下嫩一点的浮在水面。我翻过长桶,把浮在水面的菱捞进长桶,又钻猛子到水下摸菱,能抓到大部分。然后我拉着长桶游回跳马处,把长桶里的菱装进篮子送上岸,再从跳马处坐着长桶下河继续扯菱。

扯完菱回岸后,奶奶就会把菱洗净放入锅中煮。我总是围着锅台问:"奶奶,菱熟了没有啊?"一会儿,一股菱香就飘满了厨房。等到锅子烧开后再焖一会儿,奶奶就会把菱捞出来。我顾不得菱烫手,抓起几只就吃。奶奶让我先送几碗给邻家的小伙伴,然后她才给我们每人分一碗。我们坐在小桌边,一会儿就吃完了。

晚上,妈妈、叔叔、婶婶吃完晚饭乘凉时,奶奶端出一大盆儿菱让他们吃,我又跟着吃。奶奶笑着说:"你个大馋猫,就你多吃多占。"听着奶奶的嗔怪,我总是回以一个鬼脸。

## 我的烟草情怀（外一篇）

胡 玮

九月，老年的太阳是熟黄的银杏，是芒果馨香的果肉，是被人、牛车驮着的沉重。

在这个省市角落的细末村子，后慕隔一座大山与相望，石子和泥巴缝里的杂草填满一条一辆小轿车刚好能通过的烂马路，马路左边是高高的土地坎子，上面种了苞谷、花生，矮的绿油油的藏在深处的必定是西瓜，桃树多种在自己门前或菜园子里；马路的右边是些一米多宽，两米深的小河沟，沟边青涩的稻子撩动水螺蛳和一指长的泥鳅。村子里家家都种西瓜，家家都种点烟草，家里有年轻劳动力的，烟草种得多些，不用出远门也能维持一家生计；家里只有独独的老两口和几个半大孙子的，种苞谷、西瓜和洋芋则更多一些了。

六月份就开始烤烟，这时候太阳已经变得张狂，尤其是正午，单单是站在阳光下一小会儿，就像有一桶赤红的铁水从你喉里灌下去，窜到你脚趾末的最后一个细胞，直烧得人心里慌慌的。人们在打烟那天五点多就得起床，年轻的妇女戴上遮阳帽，老的婆子和老汉就只在颈上搭一条毛巾，带上背篓和麻袋，啃个梨子，脚踏昨日干巴巴的牛粪，去到晨露最深的地方。烟地里雾蒙蒙的，烟叶在里面若隐若现，有的开了粉中带白的烟花，仿佛下一秒就能变成个仙子。人们要把烟叶撇下来，弄回去，烟少的用个一米多高的大背篓多背几趟，烟多的就用牛板车拉，常常是两三户人家共用一头牛，每到打烟的时候就互相知会一声，以免撞上同一天，放牛时也是一家几个月轮着来的。

　　烟叶按从高到矮的顺序分为上部、中部和下部，人们是从矮劈到高的，批下部烟叶最是难受。烟叶几乎是贴地生长的，人得完全蹲下或是背朝天，一张张劈下来，左手怀抱着烟叶，右手撇断，咔嚓清脆的响声，烟底还留着一两丝青涩的筋，烟草本身就种得密，一张烟叶得有五十厘米长，贴地行走时稍不注意，就会带断烟叶，咔嚓咔嚓，听得庄稼人心里"哑"的一声。被烟叶和杂草包围的人们，中间的缝隙不是冰冷的几丝阳光和跳动的蚂蚱、野蚊子，就是挤满了香湿的泥味空气，烟叶上的露水会悄悄摸上人的背，好心想将你衣服上的泥垢洗干净，不一会儿，你的眉眼都散发着潮潮的神气。弓着身子像条蚯蚓在地里蠕动，慢慢，脑门上的汗也在身体表面行走，捉弄你的脸，鼻梁上的汗就像是潮湿森林里一夜长出的蘑菇，悄悄渗一点，再渗一点，变成豆粒般大小，一两个小时下来，右手揩汗的袖子日后再怎么洗总会有股子汗味。劈下部叶子是最慢也是最累的，劈完一怀烟，放到麻布里捆好，扛到路边就是一种极大的享受。脖子和手像把火钳夹住烟叶，烟叶的清香悄悄溜进鼻子里，麻色野蚊子也趁机叮你偏着的、袒露的脖子。用牛拉烟叶时，一车能装二十捆，每一捆都有好几十斤。人跟着牛走，再不会想着要坐上去。烟叶一运回去，地上早就躺了好几捆烟杆子，村里的孩子十岁出头就开始教起穿烟，两头绳一捋直，左手刚理齐两三张烟叶，右手就把绳子的扣勒出来了，把烟叶柄勒到扣里，左右穿梭的手指不时把穿了大半烟叶的杆子往前提。大人上坡批烟，娃儿小点的不过七八岁在家张罗给猪灶台里添火，大点的十六岁，前一天晚上就摘好了茄子、老南瓜、嫩豇豆，饭锅里炖好洋芋饭，张罗一家老小的午饭。等大人在中午太阳最烈的时候回来，孩子们已经绑了好几十杆烟，提起一杆就像一把垂下的烟叶刀，二十多斤，孩子们力气大，左右对叠，非叠得跟自己一般高才作罢。过了午饭，一家人就各自搬个小板凳，哪里有烟叶就往哪凑，地方小点，你的烟杆尾巴就戳到我的屁股，周围叨叨的蚊子往手臂、往脸上撞，烦得想把它们都揪来一起绑烟，不然就一巴掌拍死。坝子的梨树，屋后的板栗树掉下些乱糟糟的虫子，一不小心一条小半指甲宽的青虫的小黑嘴蠕动着朝你鼻孔吹气，它身子软软，手脚像第一次被吮住的母狗的奶子般颤动，细细一看，才见有一条看不出颜色的丝勾着它的嘴巴。穿烟到下午三四点，太阳暴躁的光也穿得差不多了，家里的女人就把早些时候孩子去园子摘的泡到凉水里的西瓜切了，一块把嘴和脸颊都钳制的西瓜，沾得颊上黏黏汁液，衣袖一揽，把瓜掰做好几瓣，吃得地上蚂蚁成群，吃罢，趁着太阳弱一些，蚊子也蔫儿了，赶忙背上背篓，提一壶冰碴子坡上去了。

　　孩子就扔在家里继续绑烟，绑得快，下一车还没运来就能歇会儿，跑到偏屋看会儿电视，偷吃几瓣西瓜。等到夜晚，一天的烟叶都劈回来了，一天的太阳也被大人劈回来，满满一车，坝子的一圈圈蚊子缠着昏黄的灯光，风和夜晚从裤腿钻进去，满手胶水似的黑烟油，挠挠忘情亲吻着脖子的蚊虫，听到村子偶尔的狗吠引起蝉和鸟的整夜啼叫，这些声音连着房子一起赠送给人们。每一个这样的夜晚，都有这样的坝子，都有同样的大人小孩穿着烟。等到一切都忙完，扫完坡上跟着回来的灰尘、断烟叶，铺一床席子在树下，抱个枕头和一床薄套，旁边点盘蚊香，像夜色一样张开臂膀等着被梦如蚊虫般叮咬。若你是个夜行者，在深夜，你看见一家家地上凭空而起的这几点火，一定要轻轻地走，别踩起满空气的狗吠，别踩碎一家子的美梦。

　　烟叶上了炕，一秆秆乔到梁柱上，孩子提溜一两秆跑得飞快，男人在黑漆漆的烤房里架烟秆，口里咬住个电筒，一会儿，手上揩下来的汗把手都给浸湿了，必得出来插着腰或是坐在板凳上歇歇，喝口水，一支烟的工夫又继续上烟。上完炕，女人和孩子的任务算是完成了，当男人的还得承担起烤烟的责任，烤房烧的是煤炭，拉煤、和煤，夜里每两三个小时起来加几铲子煤，加太旺，烤出来的烟叶就是黑漆漆的；火太小，生了青筋，会在烟叶里慢慢烂掉，平平缓缓的火候才是最好的。偶尔男人睡过头，早上起来火熄灭了，被女人知道，在饭桌上添饭的底气都不如往常足。烟叶烤的金黄才能卖得好，像秋天一样的金黄。烟叶差的如杂色只得几毛一斤，而上等橘色则二十多一斤，只要看到橘黄色，男人一家赶集必是会加上一两个肉菜，孩子念叨好久的衣服也不只买上一两件了。那个时候，烤房边搭的半人高的葡萄，未等它长成一颗颗淡紫色的梦，孩子们就急着一口咬下，随意吐出的几颗青涩的籽逃到月季花丛，滚了一辈子，这涩得发苦的葡萄味也在胃里滚了一辈子。有的家里坝子坎下面是另一户人家，晚上，猛一看，方格木框纸窗里的老妪，花一般的光藏起了她的青丝白发，我相信她仍是个妙龄女子；有的人家下坎子边流淌几条小路的稻田，夜啄风声，蛙叫从田缝里逃出来。人们光着膀子，就着蛙声下酒，吃烤洋芋蘸辣椒，吃生活的闲言碎语。

过了烤烟的两个月，九月，烟叶开始收购，我看着那条马路上有老头手牵着牛的缰绳，麻布片盖着烟叶，烟叶捆成一小把，堆成被子大小的方块，渗出的烟叶香是金黄的，金银花的香也是金黄的，老头觉得自己身上的老汗也是香的、金黄的，在路上得意地哼起唱给姑娘的歌，烟叶的金黄裹住一两个孙儿正吹着絮絮草，想着待会儿去买上一大串紫得发黑的葡萄；更多的是开着皮卡的两口子从窗内露出头，就像从嘴里露出牙齿，年轻的媳妇抱着年幼的孩子，在这金黄里摇晃，这时的路上颠簸简直是最好的享受。最多半个小时后，他们就都到了烟厂，那片宽阔的地，排了一辆辆牛车或是背篓，收购员翻开烟叶，左右上下各查看几把后就大概分个等级，过秤，开出支票，老头子从最深处的怀里拿出小布巾，一层层打开，把支票叠成，小心收进去，回头赶牛的声音高了些，孩子们在路上蹦跳两下，在车的两边蹿上蹿下，连牛也发出落日般的哞叫。

直到收烟处的场地渐渐空了，来人留下的灰尘和这几个月的汗水蒸发到天上，变成红云，长成落日。收烟员的女人早已弄了大锅菜，摆到外面的空坝子，小木板凳围着大锅流口水，就着刚刚揩下的汗水和没来由的清香的空气，就着隔壁粮站鱼鹰般老头的干瘦，我们吃到月亮也来凑热闹。

## 乡是碗炖锅菜

乡是一条路，一条用解析式、电脑模拟也无法描绘的路。它可沿悬崖直直冲下，也能在半山腰划上一刀又一刀，不将它踩到脚下你是不知下一步该怎样行走的。小路，狗尾巴草光着身子迎宾，小野菊笑得乱成一堆，也许幽幽的林子里，会有死了千百年的、看不见的人在扯你的腿。乡的路从来只有离开和回来。乡的大路是天，乡的小路是林，乡的路的尽头是人家。

乡是一口井，"n"字形、两米高的在路旁站着的沉默的井。从它眼里望去，什么都有；半蹲在乱石阶，寒气把人朝里吸，水不像是水，它比玉还冰冷，比婴儿的皮肤更润滑。大旱的时候，走进去吧，里面不过是些四通八达的干涸的窄道，行走在树根里，流浪在大地里。

乡是一捆柴。松木，白桦，生生的枝丫，掰断它；腐朽的木墩子，你得用脚踹、用挖锄使劲撬；引火的杉丫刺、松果子装满一背篓，地上的松针叶，一捧一大把潮湿；缠着细松的青藤子脸皮厚，多拧几转扯下来，押解着柴火，也押解着我；跳过一个坎，踩着斜大的石头微微而下，风招摇，树与树大声吵闹，争相送走晚霞。

乡是一亩地，青瓦躺在房檐，棺材睡在楼板，地躲在白烟眼下。地咬住白菜，一兜连着一兜，白菜帮子连着泥巴，还有虫，还有根，一起烂掉。葱是绿的剑，蒜是白的玉，坎边静默的柑子树，任季节摇落一个又一个游子。

乡是一群鸡，点一点头，爪子微缩，抬起，顿住，探着头迈下一步；它们鸣叫给自己听，它们拉屎给人铲，更多的时候她们踱到围着栏杆的菜地，救出被生活困住的虫子，然后藏到柴垛，偷偷孵下一两个蛋。

乡是一座房。有年轻女儿住的小吊楼上的厢房，有连着后院木板厕所坑的爹娘住的平房，吱吱呀呀，门摇着风，撑开一平方米的木窗格子，溜进一面阳光。通过窗上被戳破的胶纸的洞，总能看到夜晚的眼睛。

乡是一条狗，一条一放鞭炮就躲到灶台下面，几天不肯出门的狗。它把自己的头放在你的大腿上，盯着你夹着肉的手，不说话，还是不说话；它大概也会站在你死后生前的、被灰尘上锁的、黑漆漆屋子的门缝前，久久伫立，摇着尾巴。

　　乡是一堆苞谷，一簸箕洋芋，怎样将它们背上楼就得怎样背下来，吃也好，卖也好，木的梯子总不会说断就断，藏着红苕的地窖里的空气却总是说没就没。还有门外那口水缸，年时，游着鱼；闲时，留着余。

　　乡是条木板凳呵。做了半辈子木匠的嘎（外公）磨呀，削呀，老手扣上老木头，上面铺一层墨绿的毯子，谁又知道它是愿意接待我们的屁股，还是更愿接待没有重量的，日子莫名其妙的灰呢？

　　乡是碗炖锅菜。人坐在板凳上：猪脚腿子、甜菜叶子、萝卜块、叫不上名字的红色根须，你恰巧路过了，有我的就有你的。

## 老　家

王兆林

父母早已离世，所谓老家就是几间破旧的老宅，由二姐在家照看。老宅虽破，却是我的一份念想，浓浓的乡愁没有丝毫的淡化。

原来回家都是骑自行车，那时父母健在，每逢周末，都要从县城回来看看。近四十里的路程倒也不算远，但就怕下雨。乡村土路泥泞不堪，骑不了几步就要找个树枝剔除轮胎和护泥板里边的泥土。有时干脆卷起裤管，扛着自行车走，回到家一身水一身泥，累得像条死狗。

现在，路新修了。汽车油门还没踩过瘾，老家门前那棵大银杏树便影影绰绰可见。那条看门的黑狗早早迎候在路口，摇头摆尾，然后紧跟着我走进院子。我把给它准备的剩肉和骨头拿出来，让它大快朵颐。

左邻右舍的发小们看到我回来，都会撂下手里的活计过来蹭烟抽，然后家长里短地扯淡。

进入家门，我做的第一件事就是给父母敬香。父母离世十多年了，每每想起他们总觉得有好多的歉疚压在心上，敬香不仅是寄托一份怀念，也是为自己的心理减压。母亲近四十岁才生养的我，那时我前面已有四个姐姐了。久盼传承香火的父亲，绝望的老脸有了花儿一样笑容，干活儿的号子也响了许多。母亲也从铁一样冰冷的脸色中解放出来，偶尔也能听到她四季歌的旋律轻声哼出。那时生活极为艰苦，他们吃糠咽菜，睡稻草破席，却把最温暖柔软的棉絮裹在我的身上。母亲曾告诉我，父亲在挑"如海河"时，整天吃红薯胡萝卜，却把政府补贴的一点点大米积攒下带回来，每天用纱布包一点放在萝卜锅里煮，我吃米饭，其他人吃萝卜喝汤。其他姐姐尚能容忍，四姐可就没那么好说话，常常趁我不备，弄得我杀猪样叫。父母总是责怪四姐，维护我的无理权益，现在姊妹们相遇时，常常作为笑话拿出来反刍，捧腹之余，不免感慨。

人，真的很怪，在家久了，想出去闯闯，看看外面的世界是个啥样；出去时间长了，又心神不安地惦记着老家，纠结着家里的一草一木。在外千般好，可总觉得缺了点什么，这大概就是乡愁了。

老家的宅子年久失修，千疮百孔。我已好多年没有在老家过夜了。修缮老宅，成了我最近愈发强烈的心愿。与旁人说起，却有不理解的：你一年回来几趟，修房子干啥？城里的日子多舒坦。我付之一笑——树高千丈，叶落归根，这种传统思想对我还是有影响的。再说，在外这么多年，不说衣锦还乡光宗耀祖，破破烂烂的老窝也有损形象。

去年，儿子一家子从澳洲回来看我，刚满周岁的孙子活泼可爱，口齿不清地喊着"爷爷"。我拖家带口兴高采烈地来到老家，祭拜先祖。刚入家门，宝宝身上便给蚊子叮起几个红包。儿媳诧异地问儿子："老家房子怎么这么破啊？"结果一家老小屁股没焐热就逃也似的回城了。

老家虽破,却承载了许多温馨的记忆。老宅后的池塘有近十亩的面积,周围长满芦苇和杂树,池水清澈,有野鸭、柴雀、白鹭鸟儿出没其间,大有湿地之风。每年四姐都要约上左邻右舍,合伙在池塘里放几百尾鱼苗,也不喂鱼食,池边的芦苇、丰美的水草就能让鱼儿们衣食无忧。逢年过节张网捕捞,野生鱼儿和人工养殖的相比,鲜美程度不可同日而语。

钓鱼是我童年的最爱。鱼竿是后园的竹子,鱼线是母亲纳鞋底的棉线,鱼漂是高粱穗茎,鱼钩是用缝衣针放在煤油灯上烧红压弯而成,鱼食是在厨房下水口挖的红蚯蚓。捏一个糠团扔进河里,一会儿工夫,便有细细密密的鱼泡泛起,还没等鱼钩沉底,便有鱼儿抢食,猛一提竿,便有一条大鲫鱼划一道弧线,"啪"的一声摔在河帮。

入冬以后,便是农闲时节,组建"文艺宣传队",成为大队、公社的工作重点。农村文艺人才便十分吃香。我这个会吹笛子的"二肋鸡"也成了抢手货。正月初一下午,我们便奔赴各个大队巡演。每到一个地方,先蒸馒头吃点打饥,然后搭台子、掌汽油灯、化妆,一切准备就绪便吃晚饭。晚饭也不错,一桶米饭、一盆红烧肉、一盆青菜汤是基本配置,十几个人围成一圈吃得热热乎乎。

只要哪个大队的晒场锣鼓一闹场,十里八乡的社员便闻风而至,土戏台的四周围满条凳。每次演出,样板戏是保留曲目,《沙家浜》中"智斗"那个段子不知演了多少回,演员都麻木了,"胡传魁"那个角色嗓音像破锣,话都说不出来,还挤眉弄眼,叼着烟卷叉着腰,使劲儿晃着个大脑袋,惹得观众笑得前仰后合,眼泪都出来了。这样的草台戏,一个正月演下来,每个人还能结算到近二百分工,凭公社证明回生产队登记。可见公社宣传队的待遇不差。不仅能混到饭吃，脑袋活络一点的还能逮到爱情。寒冬腊月，我们窝在生产队的蚕室里排练节目。跳舞的运动量大，穿着单衣，身上还热气直冒。四五个人的小乐队坐着就惨了，一个个冻得像虾米。但拉二胡的哥们儿眼睛可没闲着，二胡声拉得像杀田鸡，还色眯眯地盯着女舞蹈队员青春四射的胸部，喉结上下蠕动，舌头不时舔着嘴唇，还摇头晃脑，如痴如醉。

每次演出也要到半夜才收摊，月黑风高，女演员比较胆小，都找男演员结伴同行，就是不回家，父母也习惯了，久而久之，有的便出双入对了，甚至有了成果，遇上这种情况谁也不敢吭声，宣传队的人发生了风月之事，可是生活作风问题，那还得了，开除回家是轻的，弄不好还要被挂牌游斗。挨到正月一过，演出班子一散伙，有的便迫不及待地去领结婚证了。

20世纪六七十年代，我高中毕业回老家务农。为了表现自己的一颗红心，书包一放下，我就跑到生产队长那里找活儿干。生产队长是个"癞子"，发亮的衣袖像涂了一层鞋油。但他心肠却挺好，看我细皮嫩肉，随口要我就到晒场帮忙去。

到晒场上帮忙，就是上午把出仓的谷子摊开晾晒，黄昏再把谷子收进仓，其他时间，就是和谷子一起晒太阳。有几个五大三粗的社员负责扛箩装卸谷子，然后躲在阴凉的树荫下打扑克，我们在炎炎烈日下翻晒。原以为同工同酬，等到月底翻开工分本一看傻眼了，我们的工分只是老社员的三分之一还不到。我问记工员怎么回事？记工员说："你们是刚从学校回来的。还没评等级。"如要评上等级，就要下田干活，看实际完成的工作量再定。于是，我辞去晒场的活儿，卷起裤管下地，起早贪黑，一块田一块田地包着干。肩膀被扁担压破，肿得像馒头，用围裙包起来，手上磨起了血泡用纱手套套起来，反正就是和一等劳力比着干。队长看我玩命的冲头劲儿，把我评上一等劳力，这相当于工厂的八级技工。从此，我扬眉吐气。

高考制度恢复后，我有幸跳"龙门"，捧上了定量户口本，老家便在我渐行渐远的背影中逐步淡出，直至大红的退休本伴着我满头白发悄然而至，老家记忆便又如影随形跃然于脑海之中，那样清晰，那样温馨。

老家，像一杯饱经时光浸泡的普洱茶，越品越香。

论　坛〈〈〈

# 中国散文理论话语的自主性问题

王兆胜

我们通常用四分法来划分文学，即小说、诗歌、戏剧和散文。比较而言，其他文体都有自己的较为成熟的理论，而散文则缺乏理论，甚至多从小说、诗歌、戏剧中借鉴所谓的理论，于是其理论的困境是相当突出的，而理论的自主性缺乏就更加明显。我们认为，散文应确立自主性，建构属于自己的理论话语。

一是不应将"创新性"作为散文唯一、绝对的衡量标准，而要强调继承性，尤其是在继承与创新的辩证关系中，考量散文理论话语的建构。

近现代以来的中国文学理论一直强调创新性，有创新则活，无创新则死，这在散文理论上也有明显表现。如黄浩在《从中兴走向末路》（《文学评论》1988年第1期）一文中，直言没有"创新"的散文必然走向末路和死亡。其实，从"创新性"角度衡量散文只是一个维度，没有"创新"也未必不是优秀散文，如中国历代写父母之爱的优秀作品,其创新性并不突出,但它们都非常感人。又如朱自清、俞平伯的同名散文《桨声灯影里的秦淮河》,如按创新性理论进行判断,它们一定无多少价值,因为二者的重复性极高,基本可看成复制品;然而,若以自主性角度摆脱"唯创新性理论话语是从"的局限,也就容易获得超越性,其价值就有了新解:创新性散文不一定好,守成的散文未必就差,关键是它能否以真诚动人,能否在情感和审美上激起读者共鸣。

其实,"变"与"不变"是一个辩证关系。钱穆曾在《晚学盲言》中说过:"一阴一阳之变是常,无穷绵延则是道。有变有消失,有常而继存。继承即是善,故宇宙大自然皆一善。"如果没有"常"作为基础,"变"就会走向消亡。近现代以来,中国文化与文学的"变数"太多,而"守常"甚至"守旧"不足,因此,真正有真知灼见的人并不多,而能坚守己见者更少。用这一角度反思近现代以来的中国文学和文化发展,求"变"的创新成为唯一有价值的维度,而不变之"守常"就在被否定之列。这必然导致许多美好内容的丧失,包括我们的价值观和审美趣味。因此,散文要想获得理论的自主性,必须突破"创新"的单一向度,进入"继承"与"创新"的辩证理解中。

二是要跳出"跨文体"散文写作的羁绊,确立散文的体性及自主性,避免其异化状态。

近现代以来,我们习惯于用西方的"散文"概念进行阐释,甚至用它简单地取舍中国古代的"文章",其实"散文"与"文章"的区别很大。"散文"是一个现代学科概念,是与诗歌、小说等比较而言的;"文章"是一个包罗万象的"大散文"概念,是除了韵文以外的文学总称。当然,还有另一种相反的情况,即用中国传统的"文章"来破解当下的"散文"文体,否定"美文"和"纯艺术散文"的价值,甚至简单批评西方散文,那也是不可取的。

还有,用"散文诗"覆盖"诗的散文",将西方"随笔"与中国古代"笔记"、小品文相混淆,都是缺乏自主性的表现。如一般人都熟悉"散文诗",但对于"诗的散文"比较陌生。其实二者是有区别的:"散文诗"的中心词是"诗","诗的散文"中心词是"散文"。"诗的散文"尽管有"诗味儿",但比"散文诗"的诗意淡得多,也比"诗"更加"无韵而冗长",最重要的是它"不分行"。因此,将鲁迅的《野草》称为"散文诗",是值得商讨的,因为其中的不少作品是不分行的,是"散文"的形式,而不是"诗"的形式。所以,鲁迅《野草》中像《雪》这样的篇章就不是"散文诗",而是"诗的散文"。

如果要确立中国散文理论话语的自主性,一个很重要的方面是,要摆脱中西传统的束缚,并对二者进行比较、融通、再造,从而建立起具有当下性的新的散文理论话语。以"跨文体"散文写作为例,现在不少作家追求以诗的笔法、小说的虚构,甚至用电影蒙太奇的手法来写散文,一方面带来了散文创作的增殖,尤其是扩大了散文的视域和容量;但另一面,却导致散文体性和自主性的异化甚至丧失。如杨朔当年就坦言自己是将"散文"当诗来写的,这个长期以来被作者引为自豪的"跨文体"写作,是被学界普遍赞同的。其实,从散文自主性角度观之,杨朔的写作方法在获得诗意的同时,也给散文带来一种做作之感。余光中更是如此,诗的大量掺入直接导致其散文的矫揉造作和滥情状态。余光中有篇散文叫《老的好漂亮》,其题目本身就不自然,他在文中写道:"津浦路伸三千里的铁臂欢迎我去北方,母亲伸两尺半的手臂挽住了我,她的独子。"如果这句话当诗读,是可以的,但用在散文中就变味了,为什么呢?太过夸张,别扭,不自然,欠平实。另一段这样写莲花:"莲是神的一千只臂,自池底的腴泥中升起,向我招手。一座莲池藏多少复瓣的谜?风自南来,掀多少页古典主义?莲在现代,莲在唐代,莲在江南,莲在大贝湖畔。莲在大贝湖等了我好几番夏天,还没有等老。"散文不能这么写,散文这么写就是"炫张",给人的感觉是感情虚假。因为它的"诗性"太多了。李白的"飞流直下三千尺",那是诗,若用在散文里就不自然。林语堂曾在《说本色之美》中表示:"文人稍有高见者,都看不起堆砌辞藻,都渐趋平淡,以平淡为文学最高境界;平淡而有奇思妙想足以运用之,便成天地间至文。"如果过分强调散文的"诗性",那就变味了,余光中经常有这样的问题。还有不少人用小说的形式写散文,所以有虚假之感。因此,散文在追求"跨文体"写作时,一定要有敬畏心,既掌握好文体的边界,更要做到"适度"。

三是要突破长期以来流行的"散文形散、神不散"理论,也要突破当下风行的"散文形散、神也散"模式,而要进入"散文形不散、神不散、心散"的新的理论话语。

理解"散文"的关键在一个"散"字,但具体而言怎么个"散"法,却少有人进行深入研究,更难摆脱习惯和流行看法。可以说,如果解决不了散文的"散"字所含的深意,那就不可能真正走进散文文体,也不可能克服时下散文的流行病和幼稚病。当然,散文文体的自主性也就无从谈起。

1. 散文大可随便

鲁迅曾说过:"散文大可随便。"这是针对散文文体过于拘束,有时放不开而言的。然而,人们对于鲁迅这个"随便"的理解,往往是相当随便的,认为可以不要束缚,随意而为!尤其是对于"大可"二字,人们也加重了分量,认为散文就可以无拘无束地随便写开去。其实,这样的理解和认识显然是不正确的。

2. 散文的形散、神不散

20世纪60年代，肖云儒提出"散文形散、神不散"的观念，于是成为影响深远的一种散文观念。其核心意思是，散文的形体完全可以放开，使其成"散漫"状态，但"精神"却不能"散"，这就是所谓的"形散神聚"。这种散文观的最大优点是给散文之"形"注入自由，同时又保持了散文"神"之凝聚。但其最大问题是，散文"形"散而不受约束，从而导致散文之形"散"无所归依。

3. 散文的形可以散、神也可以散

改革开放以来，尤其是进入20世纪90年代后，为散文"松绑"的呼声越来越高，到后来集中在为散文之"神"松绑。较为突出的是刘烨园提出的"散文不仅要形散，其神韵也可飘忽不定"。还有学者进而强调，散文最大的魅力就是它的"爱怎么写就怎么写""法无定法的自由上"。这是导致当下散文"形销骨立"和"失魂落魄"的重要理论依据。当"形""神"俱散后，今天的不少散文已变成"如泥委地"的"北瘫"了：题目、结构、主旨、章法、语言等都可以没有提炼和提升，散文写作几近成为一种"扫垃圾"状态。

4. 散文的形不散、神不散、心散

针对学界关于散文之过度解放，我在《"形不散—神不散—心散"——我的散文观及对当下散文的批评》（《南方文坛》2006年第4期）提出了"形不散、神不散、心散"的散文观。其核心词是：无论是散文之"形"还是"神"，都不能"散"。这颇似一个人，如无骨架和神韵，他就会变成"非人"，至少是"脱形"和"失去风采"了。既然散文的"形""神"都不能"散"，那么，散文之"散"应表现在哪里？我认为是"心散"，即心灵的自由、散淡、自然、超然，一种超越世俗性的形而上理解。因此，散文之

"散"应打破以往的观念,找回自己的主体性,将重心不是落在"形"与"神"上,而是放在"心灵"上。

以往对于散文之"散"的理解,都有些偏向,也不得要领。这是因为,只有"形不散、神不散、心散"才不至于失为散文本性,才能真正获得散文理论话语的自主性,这包括处理好自由与限制、真实与虚构、中心与边缘等的辩证关系。

四是从"人的文学"模式中解放出来,进入体察"万物",尤其是关于"天地之道"的理解,这是散文获得自主性理论话语的关键。

应该承认,五四以来的中国新文学有一个很大的观念变化,那就是周作人提出的"人的文学",即由"非人的文学"转变为"人的文学"。但后来,这种"人的文学"越走越窄,甚至走向以"个性解放",消解"集体""群体"和"国家"的歧途。其实,文学表现的视野除了"人",还不能离开天地万物;在关注"人之道"时不可忽略"天地大道"。如果说中国古代文学是以"天地之道"代替"人之道";那么,中国现代以来的新文学则因为过分强调"人之道",而忽略了"天地之道"。老子《道德经》有言:"天之道,损有余而补不足;人之道,损不足以奉有余。"天地之伟大就在于,它可用其"大道"修正狭隘的"人之道"。这也是为什么,一阵风吹过之后,原来的坑凹会被填平;一个人年轻时可以2.0的视力为自豪,但人到中年后眼却比别人花得快。

具体表现在散文上,当下更多作家进入的是"人之道"的书写,而更为广大的"自然万物"和"天地之道"却被忽略了,作为散文理论研究也是如此。将"人是天地之主宰""人是万物的灵长"作为价值观进行写作和研究,势必带来散文理论话语的"窄化"与"异化"。就如鲁迅在《狗·猫·鼠》一文中所言:"其实人禽之辨，本不必这样严。在动物界，虽然并不如古人所幻想的那样舒适自由，可是噜苏做作的事总比人间少。……假使真有一位一视同仁的造物主，高高在上，那么，对人类的这些小聪明，也许倒以为多事，正如我们在万生园里，看见猴子翻筋斗，母象请安，虽然往往破颜一笑，但同时也觉得不舒服，甚至于感到悲哀，以为这些多余的聪明，倒不如没有的好罢。"鲁迅笔下的万物尤其是那两棵枣树，在现代性的"人的文学观"之下，往往会被过度阐释；其实，从物性与天地之道来看，可能更接近鲁迅的创作实际，因为鲁迅对于动植物并不都是遵循着"人之道"的理解。还有郁达夫散文《故都的秋》、关于闽地的游记，如从人的现代性来看，它们的确无甚可观，但从物性和天地之道来看，却写得非常好，是天地至文。正因为对于"人的文学"观的片面理解，今天的散文创作与散文理论才会失去自主性，进入一个被"人的文学"简单过滤的困境。如叶灵凤的香港风物描写、陈从周的园林小品文、周建人的科学小品，还有黄裳、唐弢的书话等，在"人的文学"观底下，往往都失去了重要价值。但在物性和天地之道中，它们却会别开生面。这就是"人之道"散文观的局限与困境。

理想的散文理论应将中国古代"物的文学"与中国现代"人的文学"辩证地统合起来，即将"人之道"与"天地之道"进行融通，然后再造，从而使散文理论获得一种新的超越性。只有当散文理论话语由"人"而及"物"，并发掘出天地自然中"人"与"物"的灵光，散文理论话语的自主性才能真正得以呈现。

# 姚黄魏紫　繁华满枝

张宗刚

2015年的江苏散文创作,在不动声色中繁华满枝。这一年,是平稳发展的一年,也是大获丰收的一年。新年伊始,江苏省散文学会的成立,以及江苏散文网的创建,可谓着人先鞭,为风生水起的江苏散文界写下浓重一笔。

## 想象的高度与酒神的魔杖

文学大省江苏,首先是小说大省。小说家写散文,凭了想象力的发达和形象思维的优越,下笔往往跳脱飞扬,犹如传说中酒神的魔杖,经行处点石成金,化腐朽为神奇,成就一派洋洋大观。

叶兆言是公认的小品文大家。《登泰山》《从北戴河回家》《"嫁人要嫁公元人"》《又是河豚欲上时》《桃花飞尽东风起》诸作,旁征博引,侃侃而谈,水准不减,风范依然。《去紫霞湖游泳》回忆少年趣事，一种特有的时代气息，不经意间澎湃而出。《野岭剐水》在貌似东拉西扯中突显忧患意识："随着唐诗宋词一起流淌过来的河流，汴水，泗水，沂水，淮水，不是断流，就是改道。大大小小人类血管一样的河道，不是消逝，就是成了堵塞的死水"，"干净的水比油还昂贵"。《芥川龙之介在南京》借1920年日本作家芥川龙之介来南京一事，举重若轻地还原了彼时代的景象与细节，旁及民国旧事，一一道来，大胆评说；历史与文学的自由穿插，显出笔法的老辣。《文学与城市的关系》自信地指出：城市是有品位的，而品位的高下就看它是否有文学的底蕴，反过来说城市是文学的基石，它是一个落脚点；在文学与城市的关系中，文学不一定总是被动。值得注意的是叶兆言在青年作家读书班上的讲话稿《困学乃足成仁》，谦逊本色，开诚布公："在座诸位如果认为参加这种文学活动真有意义的话，那么你们的文学前景一定是不太乐观。如果你们看重这些活动，那么文学很可能会不看重你们……说老实话，我一点都不看好你们。一个搞文学的人，必须要说老实话。""真正的文学，就是在困境中还能够继续坚持。"自述其创作历程中的艰难困苦执着不渝，于平实中见奇崛。

范小青的散文《南来北往都是客》从个体经验出发，对南京、苏州双城做了感同身受的比较。作者在调侃南京人的潇洒与散淡后说："其实苏州人才是计较的，苏州人表现出散淡，小扇子一摇，小茶壶一捧，他们骨子里却是执着而较真的。"对两座城市的热爱之情跃然纸上。《东关街随想》解读繁华的扬州东关街的丰富内涵："鱼骨状的街巷体系之中，遍布着深宅老院、精致小园、名人故居，许多年许多年的日子里，商业气和书卷气在这里同时升腾、弥漫，许多年许多年的日子里，东关街将繁华和宁静吸收进去，又吐纳出来，年长日久，把老街熏陶得如此别致。"作者称东关街

"是一台时光机,走在这里,你既置身在千年历史的长河中,瞬间又切换到当下的平常日子里,像是一种转换,像是一种挪移"。文气流走自如。本年度范小青还出版了散文集《范小青散文》,所收七十篇散文,创作灵感皆由个人生活经历、情感经历、写作经历生发而来,风格亲切淡远,彰显沉静的写作状态和鲜明的女性特质。

黄蓓佳《黄桥旧时光》记叙1969年全家到黄桥古镇,自己从初二到高中毕业的那段难忘时光。"很大的校园,一半以上的面积被菜地和树林占领。菜是油菜和蚕豆,树是梧桐和水杉。春天油菜花开的时候,满校园金黄,蜜蜂会嗡嗡地飞进我们的教室,引出女孩子声声尖叫。五月蚕豆花开,紫色的小花甜津津的……"发散着优雅和诗性的文字,令人悠然神往;《世上最快乐的事情》和《黑暗时代的光亮》回忆读书时光,感恩于文学的相伴。黄蓓佳还发表了《舌尖上的惊爆》《志愿者海伦》《扬子江边河豚美》及创作谈《生活的"无力感"》等。苏童《重返先锋,文学与记忆》表达了个体执着的文学情怀:"我个人觉得,一个作家,最重要的财富就是他的记忆百宝箱。""我从来没有丢失过信念,我一直对自己说:我还要写。"道出一位优秀作家成功的不二法门。叶弥的散文《山高水远》,是作者远离城市定居镇乡交界处七年间生活状态的记录。作者在乡下种菜、种树、养鸡鸭,认识了许多的野草野菜:"鸭跖草看上去是一位妆容精致的小妇人……苍耳子的果实毛茸茸的一身刺,是个顽皮孩子。"日子久了,树和鸡鸭竟能神奇地听懂人的语言;还有偷吃猫粮的刺猬、到院子里觅食的麻雀和乌鸦,写来饶具趣味。《金花的快乐生活》写叶弥收留流浪狗、流浪猫的乐趣,爱心的彰显自然而然:"狗真的会哭,只是没有泪水。狗哭的声音和人一样,委屈、伤心……"不事雕琢而绘声绘色,发散着尊重与悲悯、感恩与敬畏的情怀。

散文随笔集《写满字的空间》是毕飞宇生活、写作、阅读的记叙与思考，涌动着赤诚与思辨，灵动与谐趣，让人感受到思想者的气质。引人瞩目的是毕飞宇发表的一系列脱胎于演讲稿、课堂笔记的长篇随笔。《奈保尔，冰与火》一文分析奈保尔小说《布莱克·沃兹沃斯》，就对话、结构、人物关系等展开充足的技术分析，层层剥笋地指出其间的反常合道，体现出惺惺相惜之意："好的小说一定有好的气质，好的小说一定是深沉的。"格式塔理论的娴熟运用，显示出学者型、思想型作家本色。《两条项链——小说内部的制衡与反制衡》从中国经验和常识出发，重新解读莫泊桑《项链》："在莫泊桑的《项链》里，我首先读到的是忠诚，是一个人、一个公民、一个家庭，对社会的基础性价值——也就是契约精神的无限忠诚。""《项链》其实是非常文明的悲剧。不是'文明'的悲剧，是'文明的'悲剧。"细致入微的文本精读功夫和分析能力，令人服膺。《"走"与"走"——小说内部的逻辑与反逻辑》以《水浒传》《红楼梦》中人物为例，从日常生活里最常见的走路入手，谈其如何被用来塑造人物并呈现小说逻辑，熨帖到位。作者认为，施耐庵在林冲的身上体现出一流小说家强大的逻辑能力，这个逻辑能力就是生活的必然性："写作就是这样，作家的能力越小，他的权力就越大，反过来，他的能力越强，他的权力就越小。"通过分析《红楼梦》中王熙凤在探望病重的秦可卿后的步行动态，则指出："她唯一放在心上的，其实只是欲望。"《我们一起读——读〈促织〉》称蒲松龄短篇小说《促织》"是一部伟大的史诗"，"读《促织》，犹如看苍山绵延，犹如听波涛汹涌"。析来头头是道，穷形尽相，曲径通幽："小说的抒情有它特殊的修辞，它反而是不抒情的，有时候甚至相反，控制感情。"《我读〈时间简史〉》在看似海阔天空散漫无迹中，彰显独有的人文视角。毕飞宇还发表了散文《我下过的一盘棋》《你看世界的角度》《这是乡愁吗？当然不是》《厨房里的春节》等。

鲁敏散文《踏进你们的书房》，写了在俄罗斯参观托尔斯泰家族著名的亚斯纳亚·波利亚纳庄园，那些手稿、照片、定情物、书信、便条，迸发又埋没着令人窒息的爱与死；而在多灾多难的天才诗人茨维塔耶娃的故居，作家写道："自杀前几天，她有过艰难的求助。同样是在那层洁净的玻璃罩子底下，我们可以清清楚楚看到她的一个短函，写给作家协会的，窘境中她想请求一份到作协食堂做洗碗工的机会，这一申请遭到了拒绝……"透出难言的辛酸。《祭典：实非神灵，乃是人间》写浙江九华立春祭，以生活化的表述，挖掘其中令人欣悦的世情之美，寻找人间、神明、大自然三者的心意相通；作者谈仙说人，文字闪跃腾挪，灵动多变，显示出镫里藏身般小巧绵软的功夫。在充满悟性的《时间沙》里，西北边疆沙漠的沙子被充分人化了，作家视之如独立之活物，写沙地的善变和幻象，文采斐然，曲尽其妙，尽展文心的细腻和想象力的丰盈："沙粒就是沙粒，它具有无师自通的散漫哲学，它快意起大楼，又率性撒手去。风起沙移，其势猎猎，日落月升，其华灼灼。苍凉梦接续着荣华梦，新城变作旧城，古城翻作故城。道路复被沙地覆盖。寺庙仅剩下高台，窗棂不见了帷幔。黄杨卧倒沉睡，烽火台瘦骨嶙峋。沙，复又成了沙。"苍凉整饬的句式，物我交融的语境，彰显对时间和历史的深度思索。《1980年的二胎》将妹妹出生的过程表述得跌宕起伏一波三折，场景的描摹如同戏剧或小说，忍俊不禁。鲁敏另有创作谈《并非傲慢　或有偏见》《"投食"下的阅读饥饿》《文学气质的病种》《让他们死在小说里》等。

梁晴的小品文《铁路边》《中山码头》《曾经的屐齿苍苔》《蜡染的朝天宫》《种牙枣的女人》《地铁》《普陀》等，多写凡人小事，而敏于构思，工于剪裁，显得自在且端庄，生活气息浓郁，对世态人情的观察可谓细致。其他《苋菜梗》《长鱼》《香铺营》《八府塘》《猫图腾》《红衣大妈》《展销会》等文，旨在发掘世俗生活中的不俗。《各有各的萌》在写及作家同事们生活中另一面的淘气后说："真正的文人应该就是灵魂里住着一个可爱顽童的人吧。"可谓妙解。朱辉随笔《马术、斗牛及其他》通过分析人类斗牛的行为，强烈抨击以恶凌善、恩将仇报的做法："即使马可以被役使，牛也可以被吃，但公然的屠杀，却理应使人类感到羞耻。"呼吁人性的悲悯和悲悯的人性；《太平洋边垂钓人》叙事写景，沉着细密，显示出良好的纯文学功底，如写星光下的太平洋："汹涌的海浪如万马奔腾般席卷而来，和拦路的礁石相撞，卷起千堆雪。礁石间的太平洋吼叫着，惊心动魄；而远处的海面则黑沉沉的，和夜色搅在一起……"罗望子的长篇随笔《小县城》，以随想录式的风格展开，涉及亲情、人情、世风、阅读、写作、日常交际等，世俗情怀的彰显，不掩其先锋气质和思辨意识："独处的意义，它让你瞬间拥有一个人的安静，两个人的敏感，三个人的丰富。""孤独的人在山顶上呼喊，以便听到自己的回声，感到有人陪伴自己；幸福的人在海面上唱歌，以便听到波涛的掌声，觉得有人在为自己喝彩。"真实记录了主体在梦与真之间游移的轨迹。

赵翼如主持《现代快报》副刊《行者》期间，写下《清凉贴》《词语的萌凉》《如如不动》《迷宫》《老爷车》等精短妙文，颇可一观。如《草木香》："我相信草木是有灵性的，而纸质书深植于草木，会给人持久的体温。"《时速7公里》："摇晃的哐啷声，呼应大地的绵长呼吸。随意一瞥，窗外的山水回环往复，一如缓缓转动的旧式唱片……"《面对青花》："面对青花，人会慢慢脱尽火气。"这样的文字，是悟性、感性与灵性的结晶。祁智的散文《飞起来》道出了对足球的喜欢；朱文颖《一棵"醉酒"的芦苇》表达了一种见性见情的放纵之美；竞舟《片刻光阴》书写女性情怀，缠绵炽烈；周韫《肖元生的道》写人记趣，活灵活现。曹寇《读中国旧小说》《读黄仲则》《我所知道的韩东》《做饭》，顾前《纸条》《吃饭》《老许和老杨》，周伟《藏书楼叹》《夏黄公猜想》《徽杭道上》，余一鸣《咖啡、高尔夫与现代派文学》《文学青年》等作，为世态人情写照，往往视点独特，意趣横生。

## 诗性的飞翔与缪斯的灵光

诗人、室内设计师陈卫新出版了散文集《鲁班的飞行器》。陈卫新的作品心气平和，文思神远，细腻缠绵，文采与性灵互见，饶具风情；其所折射出的创作主体，诚为新锐之思、先锋意识和隐逸精神、士大夫情怀的结合体。可以说，在他心中，住着一个古代隐士，一个现代绅士。《一个理想主义者的背影》感性发达，闲笔不闲，在随意的调侃、幽默和反讽之外，积极探寻人生的意义；《山居闲话》称"那些炊烟，是真正的炊烟，像云，像风，像一匹行动的马"，以我观物，物我合一，种种的奇思妙想纷至沓来，仿佛开启了文字的百宝箱；《寻找》氤氲着思辨气质，观察得精微令人称道："铜质的拉手如同没落的贵族，草叶花纹，华丽的光彩在那些尖角的地方闪现。自尊从来就是一种伟大的，隐忍的存在，即使没落，也自有它的从容。"作者信手挥洒处，皆可成风景，行文有时如跑野马，随意为之，终归于文雅整饬。究其实，陈卫新颇谙章法布局，讲究意味意蕴。《住——赏心乐事谁家院》从《牡丹亭》杜丽娘的唱词悟出："我们可以发现，良辰美景都是向外的，而且是从院中向外去的。这种指向性特别能反映出过去人由内及外，由外动衷的感知习惯。"诚为充满智慧和诗性的中国表述。《私奔》里五大三粗的装修工小琴，不幸老婆与人私奔，作者于悲悯之余想到："我想人世间的幸福可能是有个恒定总量的，上帝只看你有没有拥有过，不论时间长短，多少。人类做的，就是不断地重新分配分享，我们永远只能看到其中的一部分。"可谓吐纳有致，内涵丰赡。

黑陶发表了散文《南街与时间》《一座古名"曲阿"的苏南县城》《江南宜兴的酒席》等。作为新散文代表作家，黑陶的写作风格一向独异，词语、意象、语感卓荦不群，激情与才华并重。《敬惜与回馈》呈现出一如既往的对汉字的深情："每一个汉字，追溯其源头，都充满山河的气息，植物的气息，星辰的气息。"麦阁的散文，本质上呈现为一个写作者纯粹深邃而率直的心灵独语。《时间芦苇》对盛夏的描述："太阳明亮得让人觉得在发出声响……尘埃在灼热的光线里慢动作舞动"，引人体味生命的孤独和死亡；《岁末》传达了一种无以言表的隐秘欢愉；《夜读，她们》感同身受地谈及阿赫玛托娃、米斯特拉尔、赫塔·米勒、伍尔芙等文学女人；她们命运多舛，饱尝辛酸，感情丰富激烈，写作飞泪溅血，身上散发着美丽高贵的光辉。

庞余亮的散文，执着书写疼痛与爱意。《胆结石》写母爱与孝道，表达了"子欲养而亲不待"式的痛心疾首的情怀；《好运歹运皆被时光遗忘》写沙沟古镇的风俗与命运；《闯入城市的狗》写出了诗人老崔的善良；《萤火虫的河流》写当年在夜里划船去做学生家访时，"4华里水路，4华里的萤火虫河流。回来的时候依旧是4华里的水路，4华里的萤火虫河流。还有天上的星光……"以诗性点燃青葱岁月的回想；其他《寻找"十样猪头"》《两封家书》《两个春天的两杯酒》《一面之交的男孩》等，皆包含着温暖与深情。黄梵的课堂随笔《爱与性》《台湾故事》《思想者的抑郁症》《被诗歌拯救的人》等，通过课堂上下的师生交流，表达了对于教育、自由、禁忌等的思考，展现文学对人的救赎作用；《佛蒙特中心的"孩子"》通过写美国佛蒙特写作中心一位粗野马虎没文化的打工"笨人"身上的亮色，肯定了中心的理念：不要降低对"笨人"的期待和耐心，岁月最终会让他拥有一些别人不及的优秀，颇具启发性。

赵恺的随笔《罪与罚》激情四射，血性昂扬，表达了对和平与杀戮、战争与人性的思考。胡弦的随笔《记忆》《夜晚》，荡漾着幽微的诗性。苏宁散文《少女佳熙的杂货铺》写母女共同体验的成长乐趣，柔情款款。庞培《倪瓒墓》笔力随意而富诗情，传达出特有的文化感悟。朱庆和散文《那个走在田埂上的人》通过对稼穑劳作的透视，写出了乡村的悲哀；随笔《顾前，有一份美妙的工作正等着你》写作家顾前的质朴、温润、豁达、本真、善良，文字机智多趣，在知人论世中彰显小说家的观察力和诗人的性情。李樯《鲁羊的止疼片》称"写作，无疑是鲁羊最好最管用的止疼片"，充分深入主体的内心世界，文字凝练，饶具味道。

## 历史的吟啸和现实的观照

丁帆的随笔《向面对世界的自绝者脱帽致敬——追忆两位性格迥异的先师》，深入剖析著名学者叶子铭教授、许志英教授的内心世界，从中得窥一代知识分子的高洁灵魂，指出：忧国忧民的"治国平天下"情结，是他们难以摆脱且根深蒂固的政治责任感，"他们是一代死去的堂·吉诃德式的与风车作战的知识分子"。文章情真意切，思力如天风海涛，振聋发聩。《瓦尔登湖旋舞曲》惊叹瓦尔登湖清澈的湖水呈现为"由浅入深的三种颜色",羡慕美国"治理生态的眼光,退耕还林的政策,有效地保护了大片原始生态的森林湖泊"。《"朝内"往事》写自己当年在人民文学出版社参加编纂工作时与作家们的有趣交往,尤其写蒋锡金先生喝光一瓶烈酒后睡到凌晨三点起身梦游的场景,令人忍俊不禁。《寄畅园里话沧桑》感慨江南名园逃不掉诸多劫难兵燹的历史宿命。《桃花扇底的卑微者》则戟指名士精神的萎缩:"桃花扇底送走的不只是前朝历史,桃花扇底送走的是一个卑微的死魂灵。"

王彬彬的文化随笔集《大道与歧途》收录了《陈独秀留在沪宁线上的鼾声》《柳亚子的"狂奴故态"与"英雄末路"》《郭沫若与毛泽东诗词》《作为留美学生的闻一多》《谈谈胡适与胡风》《徐树铮与五四新文化运动》《禁欲时代的情色》诸文,以严谨的史料、缜密的思维和流畅的文字,展示大动荡、大转型时期书生与政治的纠葛,呈现历史事件与历史人物的侧面;其风格一如既往,举凡批判、驳斥或赞赏,皆持论有据,犀利鲜明,并努力还原特定时代和特定环境的气息。

骆冬青的系列随笔《魔隐》《开题记》《生趣记》《得半庄园记》等,呈现出美学意义上的敏锐和敏感,别开生面。《贱人就是矫情》推崇人格,厌恶"猪格":"宁可矫情,绝不向猪圈投降",寄寓着对崇高美的追求。《狗东西》以动物喻人,暗含对人性的讽喻和对国民性的批判。《门外记》写读书时听吴调公教授讲课,当时颇觉无趣,直到后来,"忽然翻到听课时的笔记本,从头读起,大吃一惊!里面有许多崭新的思想,有许多精粹的表达,有许多灵动的思绪……"洒脱幽默,亦庄亦谐,字里行间氤氲着气定神闲的名士之风,发散着特有的张力。

许钧的《相遇似石火击碎偏见》、李风宇的《睢宁之睢》《酿酸了的葡萄酒》《微茫的街灯影里》等文，谈文论艺，笔力沉实。胡瀚霖的《智慧是什么》《走红的背后》《今天谁在写小说》表达了对文坛现状的忧思。黄发有的"藏书票"系列随笔《"清晨来到树下读书"》《"东方哈佛"的旧踪》《"我要回海上去"》《书呆子的呆》《在孤岛上读书》《尘垢里的珍珠》《张学良的藏书印》等，从作者收藏的藏书票中常见的图案和文字生发开来，旁征博引，娓娓而谈，知识性、趣味性、文学性兼备。此类作品还有余斌随笔集《伸懒腰的学问》、张昌华散文《妩媚极了的张允和》《梅志与胡风》《记郁风》、李晓愚散文《年年年尾接年头》《说吝》》、叶子散文《生日歌》、黄荭散文《哀告的女子》等。

夏坚勇的大散文《绍兴十二年》本年度正式出版，颇获称赏。如丁帆指出："《绍兴十二年》是一部充满人文激情和人文价值理念的作品……作者在书中的在场，'我'是一个判官，常常跳出描写做批评，这是一种鲜明的批判立场的体现。"晓华认为："夏坚勇有足够的自信，文人的风骨、知识者的智慧、现代的立场和面对现实的价值诉求，使作家旗帜鲜明地建立起喜剧美学的叙述主体，或冷嘲热讽，或严厉斥责，睥睨天下。"陈歆耕认为："作品始终有一种澎湃在字里行间的气，文因有气而性情摇荡，史实史料借气而灵动飞翔起来，气携史实史料而有了力量。"皆可佐证此书的水准与影响。夏坚勇还发表了散文《文章西汉两司马》，深入浅出，语言平实，抨击奴颜婢膝，标举自由意志："如果说司马相如只是一只撅起屁股卖弄唯美的孔雀，那么司马迁就是一只傲视苍穹自由飞翔的雄鹰。"

姜琍敏《历史深处的这些人，那些鬼》一书，收录了《暗云里的一颗巨星》《"愿后身不再生帝王家"》《皇帝虽好也薄命》《弄臣也能建奇功》等多篇历史随笔，行文纵横捭阖；值得注意的是其中的《苻秦三烈后》《真正母仪天下的一代贤后》《千古女将秦良玉》三文,聚焦于那些漫长男权社会中的杰出女性,她们如惊鸿一现、彗星飞掠,撕裂了历史的暗夜。赵允芳发表了一组宋朝背景的历史文化散文:《权力与善意的结合》呼吁人性和制度的共同反思;《岳飞的血性与诗性》解析岳飞的人格与灵魂;《从苏轼到苏东坡》充分挖掘古人身上的现代性;《赵佶的国》力求对亡国之君宋徽宗做出公允评价;《一个了不起的配角》聚焦苏轼之弟苏辙,对其兄弟关系独抒新解……颇见文史功底。

吴光辉的大散文一向注重历史、人性与诗性的有机对接与碰撞。《一曲豪侠时代的挽歌》通过逃亡与漂泊,透视施耐庵一生命运;《他已梦回大唐》勾勒北宋书画狂人米芾的形象,其在社会、皇权、官场压制下的自由天性与癫狂人生;《芦花满天》写一个疯女丐多灾多难的生平遭际,令人唏嘘。诸荣会《谢冰莹是谁》《汉奸·英雄》两文展示了文学家谢冰莹和民族英雄张自忠的心路历程,叙事从容,史料严谨;《读碑帖》一书则对中国书法史上部分重要碑帖予以理性的解析和感性的释读,讲述碑帖背后那些惊心动魄的史实和耐人寻味的传说,也揭示了碑帖本身的文化艺术价值。

《扬子晚报》记者杨民仆本年度创作了系列历史随笔,引人注目:《王羲之被一个二流人物羞辱,看破红尘,退出官场》《石勒的重要谋士张宾,如诸葛亮一样,帮石勒成就霸业》……这些随笔文章的题目一般较长,带有某种叙事性,犹如微型小说;其文本则剪裁得体,笔法富于戏剧性动作性,活灵生现。如写石勒:"他和司马睿如同一个是穷小孩,一个是富小孩;一个从没上过学,一个接受的是精英教育;一个靠拳头打天下,像个'猛男',一个在皇宫里怀柔众臣,像个'暖男'。"在语言表述上颇接地气,不失为一种可取的文体探索。

陈正荣散文集《南京的风花雪月》怀古写今，着意于捕捉南京山川之美，触摸南京的诗意文脉。高安宁散文集《美人桃叶渡》、南京老克散文集《南唐的天空》，均致力于金陵人文或江南历史的书写。此类作品还有简雄散文集《浮世的晚风》、王晓明散文《山水做伴——黄公望》《虚廓之旷——曾朴记略》等。

## 纷纭的世相和多元的交响

人生感悟类散文。汪政的随笔《向父母学习过年》朴实畅达，彰显严肃的学人气质。作者指出，过年不仅是年夜饭、压岁钱、辞旧迎新，不只亲人团圆，它是一种仪式，承载了太多的内容，才会产生那么多的欢乐与节日美学。文中回忆少时过年种种温情的仪式如"打屯子"、给家前屋后的所有物件喂饭等，称祖父扎的摇钱树："不就是我们中国的圣诞树吗？"进而提出了对文化传承的思索："我们该如何教会自己的孩子，更关键的是，如何让他们在年中体会天地的庄严，生命的意义，家族的延续与自己的担当。"《家声》同样充满忧患意识和责任感："家声就是一个家庭的荣誉和声望……在一个家族社会评价稀薄的时代，家声又如何体现呢？"此类作品还有仲跻和散文集《随风起舞》、王建散文《节气的隐语》、韦斯琴散文《麦草》《宽带》、姜琍敏散文《悲白发》《时间与生命》等。

乡土民俗类散文。此类作品往往触及乡思、乡恋、乡愁等。申赋渔的《匠人》一书，以家乡申村15个手工艺匠人及其家族的命运故事，记录了一个有数百年历史的村庄的兴亡衰落，是失落的乡土中国的缩影，散发着非虚构的动人力量。李明官的《范家村札记》一书，以半文半白的札记方式写田间蔬果、农事节气、乡村邻里、自然生灵，描摹里下河一带风情，行文简约而有深意，指向乡村生活的日常价值，呈现出平静流淌的诗性。苏迅《欢乐镇》写小镇的风俗民俗与人情，亲切自然地表达了对小镇的眷恋喜爱和对现代文明的批判。杜怀超《慈姑：水天堂里的救赎者》《大地食帖》以饱含文艺气息的文字，写及家乡的慈姑、荸荠、桑葚、芡实、藕、槐花、知了等，呈现出诗性的乡愁。此类作品还有谷以成《木匠太爷爷》、孔祥东《蚊子在唱歌》、陈绍龙《食文解字》、方祖岐《谁能为我续相思》、孔令玉《喊魂》等文，颇具抚慰人心之效。

亲情友情及怀旧类散文。陆建华的《陆建华散文自选集》一书，以真挚情感回忆童年生活，追怀沧桑往事，叙写良师益友，呈现出平实亲切的文风和浓郁的人情味。储福金的《弦断有谁听》表达了对文学评论家陈辽先生的追思。王啸峰《她的一百年》写对外婆的爱，笔法散淡，情感浓郁。俞律的《南京文讲所还在》回忆1981年南京文讲所创办时公刘、顾尔镡、艾煊、陆文夫、高晓声、李克因等大家的风采。王慧骐《没了爹娘的春节》写道："只要父亲还在，这个家就还是完整的。如同阵地上的一面旗帜，哪怕她被战火撕成了碎片，但旗杆不倒，阵地就一定还在。"感人至深。王慧骐另有《怀念故友恩宁》《昔日工友》《二姐夫》《乡下亲戚》等文，讴歌小人物和劳动者平凡的心灵，张扬爱与同情，传递人间正能量。宗崇茂的《皱苹果》生动描绘了一对老年夫妇相濡以沫的情景。吴向杰《声音的故事》深情描摹出新中国第一代播音员葛兰、播音朗诵届前辈周正、朗诵界泰斗张家声等艺术家的风采。残障女孩王忆的散文集《轮椅上的青春》，以清新文笔展现个体内心世界和对生活的热爱、对家人的感恩。此类作品还有孙友田《难以忘怀》、吴非《李夜光校长》、黄毓璜《昨日之日》、姜琍敏《姐弟深情》、唐炳良《俞律先生》、铁竹伟《扛猎枪的小学校长》、赵锐《在现代文学馆邂逅父亲》、李玉琴《我的母亲苏娥》、陆菁菁《老爸的诗意晚年》、赵文石《活在当下的明朝人》、黄东成《余光中的乡土情结》等。

怀旧类文本中，吴春桐《京剧的魅力》写1964年武汉市京剧团来南京演出："观众席中，喝彩叫好响声一片。后排过道墙边，有跳上椅座拍腿的，有流涕抹泪的，弯腰捂肚的，鼓掌的，跺脚的，呼的，喊的，似开水沸腾，滚油炸锅……京剧就是这样使人疯狂，回想起来仿佛如昨。"令人心旌摇荡，心向往之。东篱《月夜》回忆少时常随大队人马去邻村看电影：无边的村野与庄稼浮起在洁白的月辉下，大家说说笑笑，似游击队在月夜里行军，闪烁的萤火、鼓噪的蛙鸣相伴始终，"如今想想，那时的月亮真大真亮啊，那时的夜晚也静"。梁晴的《在总统府上班》在回首早年单纯的人际关系后，发出"风景是旧时的有味道，人事更是旧时的好"的感慨。此类作品还有储福金《放牛的日子》《抓鼠》等。

游记散文。作为散文重要品类之一的游记散文，其历史源远流长且不无辉煌，其现实境遇则略显尴尬：写好了乏人喝彩，写不好则易遭指摘。本年度，诗人、剧作家邓海南发表《两粒金色的鱼子》《去摸一下南极的尾巴》《想做一只信天翁》《令人头晕的德雷克》《误入太宰府》等系列域外题材游记，蓬勃明朗，意态潇洒；晓华的《围屋小记》、梁晴的《走四方》《弗朗明戈》、储福金的《蓝花楹》《濠河游》《宝龙头》《石湾公仔》、姜琍敏的《诺夫哥罗德》《小城安纳西》《日本谷山中学》等文，笔法干净，文学性强，将寻常的游记文字写出了境界。肖元生《飞向波罗的海》写道："云彩下沉得很低，低得就像一匹匹白骆驼，屈起前蹄，直接匍匐在蓝莹莹的海面上。"王明皓《那条江的痕迹》写道："这江水流淌得很静，这江水清澈见底，这江水很深，深得一江泛出了幽幽的绿。"均显示出纯正的文学品相。修白《糯米粑粑》写在去贵州团龙村的旅程中相遇藏青猴，幼猴的脸"婴儿一样白皙，精致如瓷器"；《往日的温柔》描摹哈德逊河边春景，均呈现出可嘉的文学性。此类作品还有周桐淦《道地芬兰浴》、傅晓红《夜宿世界最高城——理塘》、韦斯琴《谢尔盖耶夫小镇》、赵锐《日元上的名人》等，颇注重审美的表达和睿智的思考。

生态散文。生态散文是散文园地中不可缺少的一支。作为生态散文的代表作家，韩开春的《水精灵之鲶鱼》《水精灵之黑鱼》《水精灵之黄尖》《水精灵之鳑鲏》，在知识性趣味性中寄寓着温馨的人文情怀；《长江三鲜》写由鲥鱼的外号"混江龙"想起梁山好汉李俊，观察细致到位，文字淡而有味；其他如《绣眼》写绣眼鸟，《戴胜》写戴胜鸟，皆传神写照，妙趣自得。叶庆瑞的《鸟之殇》、姜琍敏的《啼鸟》、蔡永祥的《与麻雀对话》，表现出人与鸟类的和谐。朱秀坤的《秋虫在呢哝》笔法热烈而清隽，平实且细密；潘敏《在菜地里做什么》亲切散淡，田园气息浓郁；徐方芳《豌豆》呈现出工笔画式的细腻，文字一丝不苟而收发自如，想象力烂漫可喜；周韫《唯有花山》写苏州花山的清幽，从山泉的鸣叫，到鸟啼的清脆，再到各种昆虫的噫噫振翅，文思细腻："鸟道是用碎石块铺就，有棱面，一不小心，高跟鞋就会被小石头顽皮地咬住，低头一看，鞋跟上果然有许多牙印。"

艺术家散文。本年度一些出自艺术家之手的散文随笔，如陈汝勤《想起父亲》、言恭达《守望乡愁》、孙晓云《乙未吉祥》、吴为山《奇峰搜尽，江山图画》、刘二刚《自娱及自娱娱人》、李小山《纠缠不清的话题》、胡宁娜《发小的特权》、韦斯琴《残荷若鹤立》《与美相遇》《那些年我们一起熬过》等，皆可一读，令人欣喜地印证了"文""艺"相通之理。

散文批评。本年度的散文评论，有两篇值得一提：周红莉、丁晓原《论中国当代文学史著作对散文的叙述》指出，当代文学史中的散文叙述需要处理好叙述对象的历史化和对象叙述的主体性的关系；王晖《新世纪江苏散文创作倾向的管窥与反思》指出，新世纪江苏散文呈现出多维创作倾向，努力拓展散文的表意空间，致力于中国历史和文化的表现，成为其中的重要景观。

散文获奖情况。本年度，王彬彬的随笔《鲁迅的不看章太炎与胡适的不看雷震》获第六届在场主义散文奖；苏宁的散文《果园记》获第十一届十月文学奖。另有夏坚勇、王彬彬、吴光辉的作品获首届紫金·江苏文学期刊优秀作品奖。

图书在版编目（CIP）数据

心在哪，哪里好 / 姜琍敏主编. —石家庄：花山文艺出版社，2018.1（2022.1重印）
（江苏散文）
ISBN 978-7-5511-3820-8

Ⅰ．①心… Ⅱ．①姜… Ⅲ．①散文集－中国－当代 Ⅳ．①I267

中国版本图书馆CIP数据核字(2018)第035280号

| 书　　名：| 心在哪，哪里好 |
|---|---|
| 主　　编：| 姜琍敏 |

| 责任编辑：| 贺　进 |
|---|---|
| 责任校对：| 温学蕾 |
| 美术编辑：| 胡彤亮 |
| 出版发行：| 花山文艺出版社（邮政编码：050061） |
| | （河北省石家庄市友谊北大街330号） |
| 销售热线：| 0311-88643221/29/31/32/26 |
| 传　　真：| 0311-88643225 |
| 印　　刷：| 三河市华东印刷有限公司 |
| 经　　销：| 新华书店 |
| 开　　本：| 650×940　1/16 |
| 印　　张：| 16 |
| 字　　数：| 210千字 |
| 版　　次：| 2018年4月第1版 |
| | 2022年1月第2次印刷 |
| 书　　号：| ISBN 978-7-5511-3820-8 |
| 定　　价：| 35.00元 |

（版权所有　翻印必究·印装有误　负责调换）